魂器

王威廉 著

花城出版社
中国·广州

图书在版编目（CIP）数据

魂器 / 王威廉著. -- 广州：花城出版社，2024.9. -- ISBN 978-7-5749-0275-6

Ⅰ.Ⅰ247.5

中国国家版本馆CIP数据核字第2024SC2418号

出 版 人：张　懿
责任编辑：杜小烨　梁宝星　王梦迪
责任校对：李道学
技术编辑：凌春梅
装帧设计：刘　菁

书　　名	魂器
	HUNQI
出版发行	花城出版社
	（广州市环市东路水荫路 11 号）
经　　销	全国新华书店
印　　刷	广州市岭美文化科技有限公司
	（广州市荔湾区花地大道南海南工商贸易区 A 幢）
开　　本	880 毫米 ×1230 毫米　32 开
印　　张	7.25　2 插页
字　　数	130,000 字
版　　次	2024 年 9 月第 1 版　2024 年 9 月第 1 次印刷
定　　价	58.00 元

如发现印装质量问题，请直接与印刷厂联系调换。
购书热线：020-37604658　37602954
花城出版社网站：http://www.fcph.com.cn

目　录 CONTENTS

魂器 / 1

归息 / 51

多普勒效应 / 149

后记：一朵白色的小花，与你对视 / 225

魂 器

每个人都能表达灵魂的时代
残存的记忆无人聆听

这个傍晚，黑夜来得特别早，甚至早得有些突兀。街灯都来不及点亮，黑暗就像往事般涌起，塞满了广州的大街小巷。后来，他才知道，那天是冬至。但当时，他完全沉浸在自己的情绪中，只顾驱车一路向南，想早点抵达自己在另一座城市的家中。

自从全国高校扩招以来，他所在的高校也开始了大规模的招兵买马，当发现地皮不够用的时候，就把触角伸向了邻近的小城市。他这个普通的物理学讲师，只得频繁赶往小城市的新校区给本科新生上课。面对这些青涩的年轻人，他心里一百个不情愿。他并不嫉恨他们的青春与希望，他只是正处在攻读博士学位的关键时期，或者说是致命时期。今年，是他读博的第五个年头了，他已经被迫延期了两个学年，无法顺利毕业的恐惧时刻萦绕着他，他哪里会有心情来教这些基础课，他只想全身心投入自己研究的凝聚态物理中。当温度接近绝对零度时，所有的原子都凝聚在了同样的状态下，没有了差别，体现出同样的性质。他为自己的研究感到自豪，觉得自己是在发现世界的本质。可是，他没有想到的是，人生也有它的本质。这个本质与世界的本质不大一样，也许恰好相反，托尔斯泰不就说了：幸福的家庭都是相似的，不幸的家庭各有各的不幸。也就是说，当苦难逼近生命时，生命之间的差别反而愈加显现了出来。

这让他一度迷惑不已，他的生活与他的研究之间出现了一道罅隙，他有时感到自己卡在了那样的位置上，无法动弹。

年轻貌美的妻子过世后，他干脆在新校区的边上买了房，他想开始一种简单平静的生活。刚开始还不错，他呼吸着这座小城清新的空气，每天只是上课，回家，读书，睡觉，简单至极的生活。但是，随着时间的流逝，他觉得自己像是从某个既定的人生轨道上跌落了下来，成了一个无所适从的弃子。他这样想倒并不是在自怨自艾，而是因为他苦苦寻找的心灵的平静，始终像个若有若无的梦境，无法踏实准确地来到心间。

街灯终于亮了起来，像是睁开了许多眼睛。他叹了口气，重新适应着光线的变化。可惜的是，他看到眼前的道路也没明亮多少，之前的暗影反而加深了，像是一道道阴郁的眉头。他踩下油门，加快了车速，想迫切地回到小城的家中，孤独地坐在电脑前。这就是他日常生活的常态。今天，他去了大学本部，因为那里才有满足他要求的高级实验室。他的博士论文迟迟无法写好，其实仅仅因为一个实验数据始终和理论推算的数值不符。他确信自己的思路是对的，也许只是实验的方法出了问题,他得在实验室中反复检验。早上,他把车停在广州郊区靠近地铁口的停车场上,然后乘坐地铁去城中心的大学。广州的街道犹如毛线团一般,至今他也没法理出个头绪来,而且更要命的是,他天生就算不得机敏,总是找不到停车的地方。他清晰地记得,曾有一次他开车返校,已经到了学校门口,可保安说车位已经满了,他得另外想办法。为了寻找一小块停车的地方,他在学校周围类似一颗失控的卫星那样不规则地旋转着,直到淤积的尿液让他的膀胱开始刺痛,他才不得不像受伤的野狼那样逃跑,把车开到了几公里开外的一个地方。他用尽全力停好车,下车又走了几百米,终于在一家麦当劳的狭小厕所里让淡黄色的尿液喷薄而出,那股猛烈的舒服让他浑身发冷。随后的几天,他一直觉得膀胱隐隐作痛,他不得不去医院就诊,得到的答复是膀胱炎,当即他就坐在人满为患的诊疗室里,打起了吊针。这是在广州开车带给他的惨痛记忆,他不想再体会第二次。

不过,今天他有些后悔没把车开进城去。如果开着车,就不会遭遇那样的事情了。他以往都是从珠江新城的B出口出站,今天他走到B出口,却被几位安保人员拦住了,两扇淡黄色的布屏风挡在他们身后,不知后面在维修着什么。他只得从A出口出站，然后绕回B出口的位置。好奇心让他回头，他朝屏风的后面望去，他没有看到冰冷的机器，而是诡异地看到了一只躺在地上的手。手的主人被屏风挡住了，但那手却如小蛇般旁逸斜出，逃出了屏风的遮挡。他被那只手牢牢吸引住了，那手是如此精致和柔软，让人一下子就知道躺在那里的是一个年轻的女人。他的脚步变得黏滞和迟缓，终于停下来了。直到现在，他也说不清当时是悲悯还是神秘，他竟然朝那只手走了过去。

他看到了女人的脸，那是一张不算年青但尚未被岁月摧毁的脸。女人的嘴巴紧紧闭着，像是含着什么东西不肯吐出来。她的头发像黑色的布匹摊在地面上，发尾有烫染过的焦黄痕迹。这是个没有太多特色的女人，既不时尚也不漂亮，也许，仅仅是个女人罢了。但是，他无法忍受一个女人死在衰老之前，就像他挚爱的妻子那样。他强烈地想起了妻子，心间汹涌的情绪几乎让他失控，他不得不停了下来，深深呼吸着。这时，一名穿着白大褂的医护人员疾步走过来，对他不耐烦地挥挥手说："请你快离开，不要围观，我们要抢救病人。"这名医护人员是个年青的男子，那张不经世事的稚嫩脸庞挂满了轻蔑与鄙夷，这种神态激怒了他。他愤怒地吼叫了起来：

"我为什么要走开？！"

医护人员显然没料到会出现这样的局面，脸涨得通红，准备恶狠狠地反击他。

他心间的情绪在这样粗暴的干涉下，海啸一般冲破了理性的防守。他撕心裂肺地喊道："她是我的妻子！"喊出来后，他心里突然变得有些痛快，他干脆放任自己继续喊道："她是我的妻子，是我的妻子……"

医护人员的恼怒被震慑住了，冲到嘴边的脏话变成了几声咳嗽。随后，这位年青的医护人员疑惑地盯着他说："您说她是您的妻子？但是……但是我们已经联系了她的家属，人家说她是独身，丈夫已经过世了的，这是怎么回事？"

这下轮到他傻眼了，他从魔障中挣脱出来，知道自己犯了一个愚蠢和可笑的错误，但他无法后退，干脆将错就错，坚持要走上前去看清楚。医护人员也不敢怠慢，生怕其中弄错了什么，便闪开身体给他腾出了道路。他走过去，蹲在女人面前，望着这个根本不是自己妻子的女人，流下了眼泪。

"请问，她是……"医护人员不禁万分紧张起来。

"对不起，"他哽咽着说，"我不认识她。"

他开车行进在高速公路上的时候，脑海里火辣辣的感觉挥之不去。他蹲下来看那个女人的时候，女人已经死去了。

两名医护人员停止了抢救，垂手站在那里，静默地俯视着女人，嘴巴里发出轻轻的叹息声。他蹲在那里，近距离看到死亡在她的脸上肆意涌现，一种与生命无关的阴影让女人白皙的皮肤失去了光泽。他脑海中的某处开始疼痛，就是那种火辣辣的感觉，一直持续到了现在，这让他的车一会儿开得很快，一会儿开得很慢，浑身变得燥热。他把空调扭到最强挡也阻止不了汗水的滑落。他后悔自己没有吃点东西，即使完全没有了胃口，也该随便吃点什么的。他"认错"人后并没有马上离开，慈悲的心肠让他逗留在那里，希望能为死去的女人做点什么。可是，他又能做些什么呢？女人的姐姐很快赶到了，疑惑地望了他一眼，那眼光像是涂抹着润滑油一般，很快就滑向了别处。他站起身来，慢慢向后退去，嘴里喃喃说："对不起。"他不确定，女人的姐姐有没有听到他的道歉，他只是听到她猛然间爆发出来的号啕大哭，从外到内震慑着他，他感到那声音异常空洞，像来自水中的洞穴。他揉揉耳朵，无法确定自己是不是耳鸣了。生命结束之后的事情大抵如此，妻子死的时候，他自己不也是这样的吗？幸运的是，妻子过世的时候，他在急救室的外边，没有目睹死亡的莅临。等他见到妻子的时候，妻子已经像绵羊一般温顺地投降了，都忘记了和他打招呼，微笑一下都没有，就那么对他不理不睬了。他愠怒，想发火。那就是他当时的心情，多么滑稽的心情。可是现在，他却无缘无故地目睹了另外一个女人的死亡。一个与己无关的女人的死亡。这个女人死得那么快，连她自己都没明白怎么回事，就已经咽气了，满脸都是不甘的痛苦。他这才意识到当时妻子的表情是多么宁静，像一帧来自远方原野的风景。他的眼泪流下来了，夜色中的高速公路变得模糊起来，就像他心中的那条路，早已不知通往何方。

等他擦拭干净脸上的泪水，看清道路的时候，他发现由于自己的疏忽，车已经驶向了一个岔道，他来不及打方向盘，车就拐向了另外一条路。几分钟后，车居然下了高速，向未知的地方驶去。他慌张起来，但是，他又觉得庆幸，仿佛开错路是来自上苍的一种拯救，让他从黑暗的情绪中能够脱身而出。他索性沿着这条道路往前开，路灯变得稀稀拉拉，夜色也更加黯淡了。他左右张望着，可一直没看到有别的车辆出现。他原本有些轻松的心情重新紧张起来，要是遇到车匪路霸该怎么办呢？他也将像那个女人一样，死在某一个莫名其妙的地方吗？他打开导航仪，发现这里竟然是一个盲点，隐匿在电子地图的黑暗里。他想调转车头，却发现道路越来越窄，没有足够的空间可以转身。他克制着焦躁，又开了一会儿，看到前面出现了一座白色的古典建筑，可以看到它屋顶上方翘起的飞檐。他想也许那里有人，可以问问路，心里踏实了一些。他离白色建筑越来越近了，是一栋三层的低矮楼房，房顶上隐约竖立着几个汉字，他使劲辨认着，却看不大清楚。他发现在楼房左侧不远处，有一处亮着灯的地方，他将那作为自己的目标。不过要去那儿，只有一条小路通过去，他只得把车停在街边一棵树下，然后朝那里走去。他走到近前，才发现那是一个保安亭，里边坐着一个昏昏欲睡的保安。他说："请问……"话还没说完，保安微闭着的眼睛睁开了，浑身一哆嗦，惊恐地站起身来，虚张声势地大声问道："你……你是谁？你干什么的？！"

他觉得好笑，这样的懦夫竟然也能当保安。他做出一个微笑的表情，说："请问这是哪儿？我迷路了。"

"这是哪儿？！"保安用难以置信的表情望着他，过了几秒后，才一字一顿地说："这是殡仪馆啊！"

他浑身一激灵，耳朵里边一片黑暗。"你说什么……"他喃喃说道，双腿在微微颤抖，倒不是害怕，而是整个人无法承受这种黑暗的重压，似乎有丛冢鬼火在体内酝酿发酵，要从眼睛的出口奔蹿而出。他不明白，今天与死亡的反复照面,究竟预示着什么?来到殡仪馆是一次偶然的意外,还是冥冥中有亡灵的引领?他此时此刻置身在死亡的大本营中,还有足够的勇气深入下去吗?就像那位写《神曲》的但丁那样?可他挚爱的妻子在哪里,他能找到她吗?找到她,她将会对他说些什么呢?也许,她会说:"对不起,死神来得太快了,我没来得及和你打个招呼……"

泪水涨满了他的眼窝,浇灭了那些肆意闪烁的鬼火。

他不记得自己是如何逃离殡仪馆的,就像是做梦的人总会遗忘自己的梦境。他凭借着保安几句笼统的指点,在昏黑中一路疾驰,居然在山重水复之后,重新回到了高速路上。但问题在于方向反了,他竟然正在往回开。

"见鬼了!"他骂。

就在这惊魂未定的时候,一个陌生人的电话打了进来。他看了一眼便不去理会,应该是无聊的广告推销电话,或是打错了。他生活的边界已经固定了,所有的来电都是他熟识的人,他也不愿意结识新的面孔。他甚至记不住自己学生的名字,一个都记不住。每当想到这点,他都觉得自己不是个合格的老师。电话又一次响了起来,像一场耐心的长跑比赛。他意识到非接不可了,也许真有什么急事。

他按下电话，喂了一声，那边就传来了汹涌的哭泣声，一个女人正在放肆地哭喊。他被吓了一跳，想挂掉，但是感觉这种汹涌的哭声是如此熟悉，仿佛是在记忆的深处轰然回响。

他想起对方是谁了。

是在地铁出站口死去的女人的姐姐。她怎么会打电话给他呢？她怎么得到自己的手机号码的？他在大脑的纹路里搜索着。在当时的恍惚中，他好像把号码给了医护人员。他想不起人家索取的理由，但听上去应该是很有道理、不容拒绝的。他一向都害怕不容拒绝的事情，他在生活中学会了妥协，为的是获得内心的自由，比如进行物理学研究的自由。可遗憾的是，世界无情，就是不肯让实验的数据屈服于他的理论。那么，他为什么就不再妥协了？他可以修订他的理论去适应实验的数据，而不是相反。导师早就这样提醒过他的。他不是不懂，而是不愿，他不想让自己在生活中的妥协变得全无意义。如果一个人在生命的任何方面都是妥协的，那么这样活着也太卑微了。这一侧的妥协是为了另一侧的坚持。他不止一次在内心这样对自己说。

不管怎么样，即使他当时给出了自己的电话号码，也不代表他还愿意掺和这件事情。他早就从心底深处觉得自己已经同那件事摆脱关系了。那只是日常生活中的一个小插曲，一个荒腔走板的插曲。可随着这个电话的到来，他意识到，他太单纯了，自从他觉得那个死去的女人像妻子的那一刻起，他就被某种宿命的东西给击中了。他像一块丢在大海里的碎屑，被卷入得越来越深了。他感到了懊悔，他应该如同蜗牛，紧紧缩在自己的壳子里。别说那个女人不像妻子，就是真的遇见一个像妻子的女人死去了，他也要做到铁石心肠，像石头的内部那样永远沉默下去。

"你好，请问，有什么可以帮到你的吗？"他平复着心情，耐心问道。面对一个悲痛欲绝的人，他觉得自己必须保持礼貌与风度。

"你和我妹妹认识的吧？你们到底是什么关系？"那声音停止了哭泣，哽咽着问道。

"不认识，"他说，"真的不认识。"

"那你今天干嘛……"

"对不起，我认错人了。"

"你放屁！你肯定认识我妹妹，只不过你看到她死了，就不敢相认了！"那声音不再哽咽了，突然间获得了一种爆发力，把污言秽语恶狠狠地扔过来。他感到电流样的赤热从他的脖颈流过。这种感觉仿佛他真的认识那死去的女人一般。女人瘦小的身体在他脑海中突然清晰起来：女人的身材还是很美的，穿着粉红色的连衣裙，除了那只伸出屏风外边的无望之手，还有白皙的小腿裸露在他记忆的视野中。当时，在极短的时间里，他甚至感慨于那样的小腿在女人死去后，居然还能继续散发出柔和的光泽。——就像是不谙世事的小宠物，在被主人抛弃后还继续蹲守在原地。

"我是去做物理实验的，有一个数据总是对不上。"他淡淡地吐了口气。他没想到自己会在对方咆哮的压力下说出这样的话来。他只是不想再说"我真的不认识她"这样无力的话了，那只会让自己永远待在一个虚拟的审判席上。他被迫把内心最焦虑的部分吐露了出来，不管对方是否理解和明白。

对方果然安静了下来，像是蚂蚁在用触角分辨着这句话的气息。几秒后，对方换了一种低沉的语调问他：

"你现在在哪里？"

他忽然间感到了一种神秘莫测的恐惧，仿佛对方通过一双神秘的眼睛看到了他。他看了一眼远处逐渐辉煌的灯光，知道广州正在重新包围他、吞噬他，而他竟然还开车疾驰，亲手把自己送回一个醒不来的梦里。他长吁了一口气，无可奈何地说："我刚从殡仪馆出来。"

说完，他不禁哆嗦了一下，一股冷气盘踞在头顶。

"可是……可是……我妹妹还没来得及送去殡仪馆呢。"对方被吓到了，说话结巴得厉害。

忽然间，他沮丧的心境涌起了一点儿恶作剧般的快感，他又有了说话的兴致。他恢复了正常的语调说："不好意思，这和你妹妹真的没关系。"

"那你去殡仪馆干什么，而且……这么晚了。"对方的声音越来越细小，简直像是朋友间的关怀了。

"我也不想去的，"他深深叹了口气说，"我只是迷路了。"

死去女人的姐姐坐在他的面前，手里紧紧攥着白色的茶杯，那里边的茶水依然是满满的，却凉掉了。他已经知道了她的名字：梅香。她死去的妹妹的名字也刻进了他的记忆：梅清。她们是一朵梅花上相邻的两片花瓣。

梅香说："我和妹妹的关系很好，我们从小一起上学、放学、在家温习功课。妹妹总说这辈子都要一直跟着我，不分开。她也的确做到了。我们先后考上了同一所大学，后来，我们又在同一所高校里当老师，我研究哲学，她研究历史，我们的生活安定，精神富足，我总感恩上苍，让我们如此幸运。我也一直相信，我和妹妹的一生就会这么宁静走过。可现在，石破天惊一般，我最亲的妹妹毫无预兆地就走掉了，唉，李先生，你能告诉我，你和我妹妹是怎么认识的吗？"

他有些感动，眼角发潮。念及自身，不免有形影相吊之感。

不过，令他为难的是，无论他如何否认，都无法改变梅香的看法。她坚持认为他认识自己的妹妹，还和她妹妹有着超乎寻常的关系。

就在他默然之际，梅香又开口道："你要不认得我妹妹，你怎么会迷路跑到殡仪馆去？这是冥冥中我妹妹的指引吧！"

她的话让他胆战心惊。虽然鬼神之事对于他来说是虚无缥缈的，长期的科学训练让他排斥这些，但是他知道自己还谈不上足够理性，他像自己崇拜的爱因斯坦那样，还是相信神秘的事物。只不过，他是个中国人，不习惯像爱因斯坦那个老外似的，把上帝挂在嘴边。所以，他一边极力否认，一边又觉得这是他无法逃避的——宿命。

宿命，这个意识先前在脑海中闪过的一刹那，他几乎不做抵抗便屈服了。一个研究自然规律的科学家相信宿命的时候，也许会比普通人更加固执。

那个时候，他的车已经重新驶回了广州，他除了去找电话里这个可怜的女人之外，还有什么其他的选择吗？在他的印象中，倒是有几个老同学在广州的大企业里做了经理，他们老是叫他来广州的时候一起聊聊天喝喝酒。但那种场合他完全可以想象出来，到处都弥漫着无关痛痒的气息，他会觉得自己像只从实验室溜出来的猴子，一只可笑的猴子。这么一想，他去找那个女人的心情变得非常迫切起来，几乎像那次憋尿一般痛苦了。究竟是什么让他如此迫切？是孤独吗？他想不清楚。他只是怀抱着一股子冲动，一定要在这个女人面前证明他不认识她的妹妹。

这种证明对他意味着什么呢？为什么非要如此？他试图像研究物理学那样去思考清楚，仿佛其中隐藏着一个潜隐的公式，只要他研究出来，他便可以利用这个公式破解很多困扰着他的问题，比如为什么他会从人生的轨道上跌下来，为什么他找不到内心的平静，为什么他丧失了爱的能力，甚至，为什么他的实验数据总是对不上……

他想，这就是宿命呈现出来的秘密，他要钻进去。

"我的老爸爸和我的老妈妈太可怜了，不到六十岁便过世了。妹妹成了我在世上唯一的亲人，我却没能好好关心她，都不知道她有这么严重的心脏病。上个月我发现我的丈夫有外遇了，我在家里就像是一台用旧的电视机，快要被丢弃了。李先生，请问你和我妹妹怎么认识的？你对她好吗？你们怎么认识的？"

梅香得不到他的回应，便开始诉说自己。她说的话拉拉杂杂的，很琐碎，但是话的结尾却总能回到他的身上。她的眼角有了遮掩不住的皱纹，但她望着他的眼神却是如此专注，闪烁着纯粹的痛苦，仿佛他现在成了她在世上唯一的亲人了。

他想到了那只伸到屏风外边的手，不禁说："我们认识是因为……手。"

"手？"

"是的，手。我们是通过手认识的。"

他和妻子并不是一见钟情，他们在同一所高校教书，妻子是教美术的。他们在一次学校组织的活动中相识。他记得那是一个国庆节，学校组织年青的教师们去北郊爬山，他和她的体力是最弱的，还没有到山顶，他们就成了垫底的。他站在比她高一级的台阶上，拉起了她的手，那手的大小、柔软与温度仿佛是为他量身定做的。到山顶的时候，两个人的手不得不松开了，但他们看对方的眼神都有了淡淡的羞涩。他们的共同生活就是这样开始的，也许不乏浪漫，也许平淡无奇。后来，当妻子生病躺在医院的病床上，他握着她的手，同一双手却已变得骨瘦如柴，他感到像是握着另外一个完全陌生的人，而且是一个没有性别的人。爱情，随着生命的流逝逐渐沉入死亡的黑暗……

他把自己和妻子相识的故事略加变形，然后告诉梅香说，他就是这样在登山的时候认识梅清的。

梅香听完后，沉吟了一会儿，然后问了一个他意想不到的问题："那时候我妹妹的老公还没有出车祸，还活着，对吗？"

"是的，那时他还活着。"他这么说的时候，心里真的有了一种道德上的愧疚感。

"那你最后为什么没选择和我妹妹在一起生活？"梅香紧紧盯着他，似乎他是一个囚犯，一点点蛛丝马迹的表情变化，都有着意味深长的含义。

为什么呢？他努力思考着。

他本来可以不这么孤独的，他和妻子在婚后有过一个孩子。但是这个孩子生下来就患有先天性心脏病，他永远都忘不了看到自己孩子的第一眼，那个紫蓝色的小生物像是一只剥了皮的小老鼠。他无法想象那个丑陋的肉块是自己创造出来的，竟然在那一刻感到了严重的疏离，像陌生人那样僵立在原地。"哎呀，紫绀这么严重！"他听见护士们在反复喊叫。他知道这个丑陋的婴儿麻烦大了，不过，他很快就意识到自己是那个婴儿的父亲，整个人一下子就崩溃了。他揪住一位护士的衣袖，反复说："我可以做什么呢？帮帮我，帮帮我的孩子！"护士说："先生，请你做好思想准备，婴儿的心脏有问题。""心脏？"他的嘴唇颤抖着，他的心脏在胸间炸裂。

他深深喘了口气，对梅香说："我和你妹妹有过一个孩子，可是孩子患有先天性心脏病，我们想让他活下来，哪怕卖掉房子凑钱，也要给他做手术，要治好他。但是，他却在一个礼拜之后死掉了。问题在于，可怜的孩子并不是死于心脏病，而是死于一场流行性的小感冒。这让我们始料未及，积攒起来的那种强烈的情感还有坚持到底的决心，突然间找不到方向了，垮掉了。那种把我们从深层联系在一起的东西被撕裂开了。所以，我们没有理由继续待在一起了。分开也许对大家都好。你理解我想表达的意思吗？"

孩子死去后，他和妻子陷入了无限的悲伤。他都无法理解自己怎么会对那个丑陋的肉块产生那么强烈的悲伤，整整半年时间，他都无法自拔。孩子皱巴巴的皮肤、紫蓝色的静脉和一个受损的小心脏像篱笆一样围住了他，他要面对世界，首先得面对这道篱笆，然后得想方设法从这道篱笆上方跨过去。他和妻子不再做爱，他们对彼此的身体厌恶至极。他看着妻子的小腹，不知道在那幽暗的地方究竟发生过什么。他知道，妻子一定憎恶自己的睾丸，那里边一刻不停地制造着不负责任的基因。他开始和曾经的情人联系，他让情人来实验室看他，然后他放肆地和情人在实验室的桌子上做爱，他想报复这个无情的世界，报复这个无常的人生，报复这个不给他合适数据的实验室。后来，要不是妻子死去，他会认为自己已经不爱她了。妻子死的时候比梅清还要年轻，而且，受尽了病痛的折磨。这一次，他的泪水溢出了眼眶，完全流出来了。

"唉……"梅香叹气，掏出手绢来拭擦着眼角，说："李先生，你不要太难过了。你们分开后，我妹妹一定很伤心，她的这一生太悲惨了。"

"和梅清分开后，我也一直很伤心。"

"你们后来还联系吗？"

"不再联系了。所以，我几乎认不出她来了。"他的声调不自觉地低沉了下去。

"你还想我妹妹吗？"梅香突然昂起脖颈，认真地看着他。

他点点头，低声说："当然，我会永远想念她的。我深爱过她。"

梅香终于喝了一小口茶，然后望着他的眼睛说："你刚才说的话我都理解。我的丈夫上个月出轨了，我非常难过，我要不是为了我们正在上高三的孩子，我一定会和他离婚的。"

他觉得尴尬，他现在不就和她丈夫是一类人吗？当然，他们的位置还是略有区别：是他引诱了她的妹妹，他是第三者。那个引诱了她老公的女人，会是一个怎样的女人？一定更年轻，更漂亮吧？他不敢问，这个问题会让一个女人发起疯来。他突然想到：她会把对丈夫的恨意转移到他身上来吗？他浑身一激灵，赶紧认真观察她。他看不出她有一星半点对他不满的意思，相反，他看到的是她对他的需要，乃至依赖。她是个孤独、可怜的女人，她需要有人陪她，只是说说话都好。她的妹妹死去了，她心里想得最多的事情却是老公的出轨。他越这么想越是对她充满了怜悯，不由得端起茶壶给她添满了暖茶。尽管如此，他还是不想谈论她的婚姻，那一定是个乏味的老故事，他太了解男人的秉性。他现在只想继续扮演梅清的情人。这样的扮演，让他获得了一种全新的体验：他对妻子的怀念终于找到了一种鲜活的方式，半真半假，如梦似幻，他不但超越了自己有限的记忆，而且也暂时超越了生与死的界限……

他被噩梦惊醒了。他张皇失措，抬起沉重的脑袋，看到窗外寡淡的黄光费劲地透过窗帘的缝隙，落在顶壁上。看来，街灯依旧亮着，夜晚尚未结束。他的思绪回到了室内，身边的梅香睡得正香，打着轻微的呼噜。几个小时前，他们越聊越悲伤，梅香突然说她想喝酒，想喝那种很辣很呛人的烈酒。他很久没喝过酒了，妻子刚离世的时候，他也曾试着借酒浇愁，但他发现酒醉的滋味比失眠的滋味强不了多少。他试着告诉梅香这点，但梅香觉得两个人一起喝酒聊天，和一个人借酒浇愁是完全不同的，两个人可以互相安慰，将痛苦的心结放下。他被梅香说服了。他想，自己多年来的自我封闭，也许并非主动的，而是被迫的，是因为一直找不到合适的人和时机去倾诉。那么现在，合适的人和时机终于出现了。

他们找到一间安静的酒吧，叫了芝华士。他们都不懂酒，只是觉得这个名字好听。他们一边喝酒，一边聊着生命中最痛苦的事情。他最痛苦的事情便是那两次死亡，她最痛苦的是一次出轨和一次死亡，因此他们有一半的共同话题。不知不觉，他们喝了很多。他的脑袋变得昏昏沉沉，说话开始语无伦次。他已经不再刻意掩饰自己不认识梅清，只是一味地把妻子的细节加到梅清身上。他获得了一种前所未有的畅快，觉得妻子借着梅清的名义又活了一次。尽管这个比附上去的生命也已消逝了，但他觉得妻子的死亡时间推迟了许多年，他们之间的距离变近了。他心里怀着难以言传的思恋，以及随之而来的忧伤与痛苦。梅香除了谈论妹妹的死亡，还是会偶尔提及丈夫的出轨，但他避而不答。酒吧的人逐渐变少了，他还邀请她一起跳了一支舞。他们靠得很近，为的却是避免与对方的眼睛对视。他们的目光从彼此肩膀上方越过，呆滞地沉沦在酒吧昏黄颓败的气息中。

午夜时分，他们从酒吧里晃晃悠悠地走出来。他看到大街上稀少的车流，顿时就有了一种无家可归的仓皇。他暗自思谋着，是不是该找家宾馆睡觉了？这时，梅香仿佛看穿了他的心思，说："今晚去我家吧。"

"你老公不在家吗？"他有些惊讶。

"他正好出差了，我儿子住校了，家里就我一个人。"梅香笑着说，"你可别想歪了，你睡我儿子的房间。"

他也笑了起来。

突然，他意识到，这是他们见面后的第一次笑。

梅香家在三十层，顶楼，乘坐电梯让他的耳朵生疼。进门，房间并不大，不会超过八十平方米。他换上拖鞋，坐在沙发上，看着周围陌生的家居摆设，犹如置身梦中。他打了个哈欠，太累了，眼泪都打出来了，世界变得一片朦胧。没想到的是，这时梅香走过来，手里又拎着一瓶白酒，坚持要他打开。

他无奈地说："不喝了吧？"

"喝，再喝一点儿，就能忘记痛苦了。"梅香说着，在他身边坐下来，不容推辞地把酒瓶递了过来。

他只得客随主便，把酒打开了，浓烈的酒精窜进鼻腔，他不禁打了个响亮的喷嚏。他们又开始了喝酒聊天。他的意识逐渐模糊了。他丝毫不记得自己接下来说了些什么，他只记得，他跟梅香一起栽倒在卧室的床上睡着了。

现在，他紧紧挨着梅香，能闻到她身上的气息，那是一种浑浊难辨的衰老气息。白天的记忆碎玻璃般地扎在脑海里，他悲哀地想，即便知道了死去的女人叫梅清又如何？知道了活着的姐姐叫梅香又如何？梅清已经不复存在了，而梅香只是个和自己没有半点关系的陌生人。他竟然和一个陌生的女人既不是为了爱，也不是为了性，却睡在同一张床上，这是一种什么样的状况？他和她之间是一种什么样的关系？这究竟意味着什么呢？

他的酒劲还没有过去，却已经琢磨起这样难缠的问题，并且为之着迷。在新的睡意袭来之前，他得出了结论：这是一种珍贵的关系。因为这种关系完全是偶然性导致的，是无法复制的，就像原子里的电子，人类永远测不准它的位置。梅香就是测不准的电子，却与他莫名遭遇，继而共睡一榻。想到这里，他觉得身边的呼噜声是那么亲切，慰藉着自己内心深处的孤独。那孤独已经在岁月的冰层中囚禁很久了。

等他再次醒过来的时候，他发现自己一动也不能动。他的第一反应是，他妈的又是梦魇！他集中注意力在右手的食指上，那是他的经验，只要这个指头动了，就可以牵动全身醒来。他右手的食指很快有了反应，可以来回摆动了，但诡异的是，他的身体依然无法动弹。这是怎么回事？难道是梦中梦吗？他用尽全力挣扎了起来，像一只可笑的乌龟。猛然间，他的脖子抬起来，发现自己原来被绑起来了。

"救命啊！"他本能地喊道。巨大的惊恐让他一时间忘了自己置身何处。难道被劫匪逮住了吗？

这时，他看到一个女人走了过来，面无表情地审视着他。他恢复了记忆，叫嚷着说："梅香！梅香！你这是干什么？快帮我解开绳子！"

梅香站在他的面前，一言不发地望着他。

"梅香……"他的叫嚷变成了呻吟。他醉意全无，恐惧像冰冷的毒蛇沿着脊背向头部爬去。

"酒醒了吗？我们聊聊。"梅香说。

"醒了，"他说，"聊天就聊天，你也用不着绑着我吧？"

"一开始的时候，我还真以为你和我妹妹认识，我想知道你和我妹妹之间到底有过什么纠葛，"梅香冷笑着说，"但后来，我知道了你在撒谎，而且我发现你非常享受这种撒谎。这让我很难过，我妹妹在你这里变成了一个肆意揉捏的笑话。你说的那些痛苦的事情，都是你自己的吧？你这个可怜的男人！"

好了，终于被揭穿了，他既感到羞愧，又感到轻松。他不必再伪装了。他找梅香的最初目的，为的是证明自己不认识她的妹妹，但是后来，却变成了完全相反的情况，他得处心积虑地去证明：他不但认识她的妹妹，而且还和她的妹妹有着无比亲密的关系。这翻天覆地的变化令他匪夷所思，就像他开回家的车却莫名其妙地开回了广州,冥冥中真有神秘的力量和他开玩笑吗?他不寒而栗。

宿命,他再一次想到了这个词。

"梅香,你一定还记得,一开始我就和你说了无数遍,我不认识你的妹妹,但你一直不相信,觉得我和你妹妹一定有关系。你固执己见,不肯放过我,我是迫于你的压力,不得已才说认识她的,我的本心也是希望这样做能够安慰到你。"他看了一眼身上的绳子又说,"即便这样,你也不用把我绑起来吧?你不觉得这样做太过分了吗?"

梅香没有理会他的辩解与控诉,在他面前坐了下来,幽幽地说:"我的丈夫上个月出轨了,我一直很痛苦,一直无法释怀。"

他听她再次这么说,恐惧感马上迅速下降,他重新觉得这个女人太可怜了。也许她只是憎恨他的冷漠,他怎么能对一个女人的倾诉漠不关心呢?

他叹口气,说:"我知道,你一直想和我聊聊你的婚姻、分享你的不幸,但我一直没接你的话茬,没和你好好聊下去。不是我不愿意,而是因为我也有过婚姻,我知道婚姻的不幸都是乏味的、琐碎的、无解的,我没有办法帮到你。"

"你说得对,婚姻是这样的,"梅香说,"但我真正想和你聊的也许不是婚姻,而是别的。"

"别的?"他困惑不解。

"我的妹妹上个月也有了一个情人。"梅香说。

他警觉起来,一时又无法理解,只得问道:"你妹妹有男朋友不是很正常吗?和你老公出轨有什么关系呢?"

梅香沉默着,聚精会神地盯着他,像是一只找到了猎物的鹰。

"你是说……你是说……"他感到一道闪电击中了他的脑海,"你的丈夫和你的妹妹在……"他吞吐着说。

梅香幽深的眼睛湿润了。

他万万没有想到事情的真相会是如此不堪,顿时变得哑口无言。他为自己的行为感到懊恼不已,当时他扮演梅清的情人,只顾着暗暗抒发自己的悲伤,而忘记了去细细琢磨梅香的态度。现在想来,梅香之所以想和他这个陌生人聊下去,也许是想告诉他,她恨她的妹妹,但是她的妹妹却突然死掉了,这让她变得无所适从。

"对不起,"他真诚地望着梅香说,"我们现在好好聊聊,可以吗?"他想补救。也许以情动人是最好的方法。

"聊什么呢?"梅香摇摇头。

"随便什么都行，"他说，"我只是个陌生人罢了。"

梅香掏出纸巾，擦了擦眼角，说："我曾经诅咒过我的妹妹，我想她怎么不去死呢？但是突然间，她竟然真的死了，而且是那么莫名其妙地死掉了，死得那么狼狈……我觉得自己像是一个杀人犯，你明白吗？我竟然诅咒和自己从小一起长大的亲妹妹去死，难道亲妹妹的生命比自己的婚姻更重要吗？"

她的眼泪流下来了，嗓子里却没有哽咽的声音，只有肩膀剧烈地抖动着。

他对她充满了悲悯之情。

"你别这么想，你妹妹的死和你完全没关系，这是个意外。"他安慰道。

"你能这么说，我很高兴，"梅香说，"如果我亲爱的妹妹能活过来，我愿意把自己的男人让给她……"

"梅香，会好起来的。"他尽力安慰着这个女人，但还是感到乏味和乏力。他不知道自己遇到这样的困境会怎么办。

"我也希望一切会好起来的，但是，怎么样才能好起来呢？"梅香说。

他无法回答，只能沉默。婚姻的第三者死掉了，本来能让她从一种痛苦的关系当中摆脱出来,但这个第三者却是她的妹妹,她跌进另一种痛苦的状态中了。她要怎么协调自己和亡灵的关系?怎么协调自己和丈夫的关系?他真的无法回答。

"你告诉我,好不好?"梅香泪眼婆娑地看着他。

他扭过头去,不忍看,说:"你妹妹已经不在了,你可以重新开始生活了……"

"我妹妹虽然不在了,但我还是无法把她归档到记忆中去,因为她还像一把刀子那样,血淋淋地插在我的婚姻里,不断地撕碎我的生活。李先生啊,这样的状态,你教我怎么办?"

"继续遗忘吧……"

"别说我无法忘记自己的亲妹妹。就算我可以,那个人可以吗?想到这点,我真的无能为力,因为她已经不在了,我无法和一个死去的人计较这些。这是个怪圈,你明白吗?"梅香打断他的话,喊叫着说道。

"我明白,我明白,我想你需要和你丈夫好好谈一次,你们需要重新开始。"他觉得自己的说话像极了情感电视剧中的台词。

"你根本不懂,那样的交谈只会让这把刀子扎得更深,跟自杀没什么区别!"梅香突然生气了,说,"看来,你只是在敷衍我罢了,难道你不知道死人都是完美的吗?"

"绝对没有敷衍!"他喊道,"你怎么能这么想呢!死亡,就是终结,这是无可置疑的。"

"是这样的吗?你做到了吗?"梅香问。

他避而不答,说:"我觉得人与人之间,只有通过交流才能克服很多障碍啊,你应该去和他好好谈谈。"

"交流?那我问你,你之前是怎么和我交流的?"梅香咄咄逼人地问道。

"我……我那不是……不了解真相嘛。"

"你根本就没有兴趣了解真相!"

"也许因为我是个陌生人吧,一个和真相无关的陌生人。和我这样的人交流,解决不了你的问题啊。"

"你的意思是,和熟悉的人交流就能解决问题?"

"不但如此,这个熟悉的人还得与你想解决的问题有关。我想,这应该是常识吧。"

"是的,是常识。但是,说真的,我究竟要解决什么问题呢?你能说清楚吗?你告诉我好吗?"梅香像濒临崩溃的病人那样喊叫起来。她梳理整齐的头发都垂落了下来,随着她呼喊的节奏震颤不已。

"这个……这个……"他忽然感到真是如此,她究竟要解决的是什么问题呢?是妹妹的背叛?是丈夫的出轨?这两个问题已经伴随着妹妹的死亡终止了。接下来,她要解决的到底是什么问题呢?一个存在的缺席?还是一个缺席的存在?他一下子感到迷惑了。他想,缺席与存在,这不就是生命的根本问题吗?也是他自己无时无刻不在面对的问题。这样的问题,有谁可以解答?

按照他的偶像爱因斯坦的说法,这样的问题,是上帝也得思考一下的问题。

谈话陷入了僵局。谈话失败后的空虚,让恐怖的氛围重新弥漫开来。他努力保持着沉默,不想再触怒梅香。毕竟自己还被捆绑着,是人家案板上的鱼肉。他明白,如何解开绳索逃出这里,才是他此刻最迫切的问题。

"不聊我了,"梅香站起身来,用纸巾擦干眼泪说,"既然你说过,你认识我妹妹,那么我希望你能好好认识一下她。她为人很不错的,你会喜欢她的。"

梅香这么说,尤其她夸自己妹妹的语气,令他感到温暖。他说:"对不起,我不该冒充你妹妹的情人。你给我讲讲你妹妹好吗?我心里一直都想多了解她。"

"好，我就是这么打算的。"她转身向外走去。

"梅香，你去哪里？先帮我解开绳子好吗？"

她回过头，神情古怪地对他笑了一下，然后走出了房间。他听到她在外屋翻箱倒柜地找什么东西，心间的恐慌忽然像惊涛骇浪般涌起。他想，梅香是不是受了刺激，行为不大正常了？会不会加害自己呢？他赶紧朝四周打量，想找到一些可以划断绳子的锋利物件。他看到这是一间不大的卧室，除了床，就只有一个衣柜和一套桌椅。桌面上干干净净的，什么也没有。他沮丧地闭上眼睛，开始胡乱挣扎，但绳子捆得太紧了，越是挣扎越是勒得疼痛。不过，他发现尽管绳子捆得很紧，但是他的整个身体还是可以做屈伸运动，就像一只可怜的毛毛虫那样。他觉得自己应该想办法爬出去。

但就在这时，他听到梅香的脚步声走了过来。他赶紧装作一副无辜的受难者的样子。梅香走了进来，在门口停顿了一下。他紧张极了，赶紧抬头去看，发现梅香并不像他想象的那样：一脸狞笑，手里攥着一把亮闪闪的尖刀，或是一柄沉重的斧头。现实的情形很简单，她一脸平静，提着一个大篮子，里边装满了花花绿绿的杂物，像是一位购物回来的贤惠妻子。他感到自己暂时摆脱了危险，但心中的疑虑在加深，不知道她在做些什么。

她把那些小物件摆放在他的面前，说："这些都是梅清的东西，她的日记，她的相册，她的日用品，你都得认真看。我曾经诅咒过我的妹妹，现在我要为她做点事情，让她的记忆能继续存在下去。"

原来如此。他大大松了一口气。他甚至为自己刚才的想法感到羞愧，这样一位弱女子怎么可能杀害他呢？她刚失去了妹妹，整个人都沉浸在痛苦当中，自己应该谅解她。他对梅香微笑了一下，说："没想到你这么认真，搜集了这么多你妹妹的资料。放心吧，我会认真去看的，用心去了解她。你现在解开我好吗？你没必要再捆着我了。"

他觉得自己的请求极尽温柔，但她毫不理会，像是一个失去耐心的家庭主妇，只顾烦躁地忙碌着手头琐屑的家务。她像蚂蚁一般，辛勤地往他的房间里搬运着诸多东西，电脑、电视、DVD播放机以及音箱等，然后，她把它们一一安装好，在他面前打开。

"你这是干什么？"他问。

"给你看我妹妹活蹦乱跳的样子，"她说，"还有听听她说话和唱歌啊。"

"那你没必要搬过来呀，那多费劲。你可以解开我的绳子，和我一起坐在沙发上看。"他说。

她斜着脑袋看了他一眼,仿佛有些惊讶:这个囚犯一样的家伙居然想得这么美!她插入一张光碟,一个年轻女人的脸出现在电视屏幕上。这是梅清,一个既熟悉又陌生的女人。梅香走到他身边,把他拉起来,斜靠在床头上,然后转身把桌子上的电视机使劲往前拉,让梅清的脸距离他的脸很近很近。

"好了,我看得见!"他喊道。

"这样更清楚!"梅香说。

电视中的女人和他记忆中的女人开始重合。这个女人他在地铁出站口见过,那是她鲜活生命的最后形象。此刻电视里的她更加鲜活,更加饱满。不过即便如此,她也谈不上有多漂亮,她的五官都过于扁平,再加上镜头的因素,她的脸蛋显得硕大无比,上面残留着的几块褐红色痘疤都历历在目。但是,生命绝非美与丑这么简单。这个不漂亮的女人身上却有着一种特别可爱的气质。她的眼神像小鹿那样惶恐不安,仿佛在躲避着看不见的追捕。她望向镜头的时候,他看到她的眼神是那么清澈,仿佛一个未经世事的中学生。她走动在人群中,低头微笑着,每一个细微的动作都充满了柔弱的气息。

一个善良的弱者,他想,心中无法自制地涌出了怜惜的情感。

"梅清……"他嗫嚅道。

"是的,梅清,我可爱的妹妹。她的死鬼老公葬礼的时候,她请专人来拍的,当时我反对,但她坚持,一定要留下这个纪念。我可怜的妹妹,从小就学习好,长大后考上了重点大学,又读研究生,毕业后成了一家大公司的业务主管。她的确很优秀,但天妒英才,她刚刚三十岁,就变成了寡妇。我心疼她,一直帮她找下一个合适的人选。那个人也打着这样的旗号,和她频频接触,我无论如何也想不到,他们会……"

他听梅香这么说,忍不住问道:"你老公知道你妹妹过世的消息了吗?他现在是什么状态?"

"他还不知道这件事。"

"不知道?"他感到震惊。

"是的,在我想清楚这件事之前,我不想让他知道。"

"那留给你的时间不多了,他很快会知道的。"

"当然,这么大的事情,是瞒不住的。我真的好害怕,他知道了会怎么样……"

"你怕他伤心难过?"他问道。这时,电视屏幕上的梅清,面对自己丈夫的灵位,终于开始号啕大哭了。

"没错，我怕，原本他伤心难过是正常的，可现在，我不知所措。"梅香低下头，深深埋在双手里。

"理解他吧。"他说。电视里，梅清哭得跌倒在地，梅香和一个男人跑过去扶起她。他盯着那个男人看了很久。那个男人很胖，很结实的那种胖，穿着整齐的西装，留着浓密的胡子，看上去很稳重。

梅香的目光从那个男人身上划过，说："好了，你慢慢看吧。还有很多碟，够你看的。为了让你记得更清楚，我会设置成循环播放。"

"循环播放？为什么要这样？"他愣了一下，赶紧问道。

"因为我想让你牢牢记住。"梅香用一种冰冷的语调说。

他被噎住了。他觉得这件事情越来越诡异了，他恍然间觉得自己置身在某种邪教的仪式当中，看不见摸不着却至关重要的灵魂正在面临着妖术的威胁。

"放开我！"他吼。

"就不！"她也吼。

他无计可施，只得像个复读机一样又一次苦苦哀求道："这些我都会好好观看，牢牢记住的，但请你先放开我！我不会逃走的，我就坐在这里看。"

"你以为我是傻子吗？"梅香看都不看他一眼。

"不，"他说，"我觉得我才是傻子。"

梅香站起身来，打开电脑，放了一首梅清唱的歌《我愿意》，声音青涩，却饱含深情，唱完之后，梅清"咯咯咯"地笑着，像个小女孩。梅香又找到梅清参加单位文艺演出的视频，让他看梅清的舞蹈，梅清的身姿忽然变得那么绰约……而另一边的电视中，梅清依然在号啕大哭。这些死者的碎片，边缘锐利，划痛他的心。

他知道，梅香这么努力地忙碌着，就是要在他身边建立起一道信息的围墙，将他的灵魂也囚禁起来。这时，梅香从篮子里找到了一本艺术写真集，打开来丢在他面前。他看到画册上面的梅清几乎一丝不挂，赤裸的乳房像一双野兽的眼睛紧紧盯着他，他不敢多看，迅速挪开了目光。梅香见状，突然露出了迷人的微笑，说："好好欣赏吧，别害羞呀，你看我妹妹多性感。"

他承认，梅清是性感的，她的身材把她从平凡的长相中拯救了出来。她生前一定知道这点，因此她才会拍这么大胆的写真集。但是，她这个人已经不在了，她的美丽更是无处依附，她为自己留下的这些记忆，现在被自己的姐姐随意翻弄着,打开在一个陌生人的面前。曾经鲜活的她,会想到这些写真的命运吗?一个人为自己准备的记忆物证,流落到了陌生人的手里,到底算是一种幸运还是悲哀?

妻子死后,他那么想念她,却从来不曾翻看她的旧物。他对那些旧物避之不及,怕染上悲伤的疟疾,那样的话,他会再次失去生存的勇气。再后来,他已经无法忍受那些旧物还待在家里,即便在角落里也不行。他请了一个钟点工,将妻子的遗物统统清理干净了。否则他总觉得妻子还活着,还在世界的某个地方出差,迟早要回家似的。可现在,他却要这么大规模地面对另外一个女人的遗物。这已经不是去了解另外一个生命,而是被另外一个生命侵略了。最可怕的是,这个生命已经终结了,消失不见了,所以这个生命反而变得无处不在,可以像空气一般时时刻刻笼罩着他。

"梅香,你不能这样对我!"他终于吼叫了起来,满脸的肌肉都在痉挛。

"哈哈!你终于崩溃了!看来,你明白我的意思了。"她高兴地说,"我忙碌了半天,就是为了等待这一刻呀。"

"你……你他妈的变态!"他朝她啐了一口。

梅香抽出一张纸巾来,慢慢擦着衣服上的唾沫,说:"你放心,我每天都会来看你,给你带吃的喝的,让你好好活着。不过，我来也只会和你聊我妹妹的事情，除了这个，我什么都不会跟你说，我要让你满脑子都充满我妹妹的记忆。最后，我会考核你，看你有没有把我妹妹的信息全记在心里。你一天记不住，你就得在这里多待一天！"

"畜生！放开我！"他哭喊着挣扎起来，像只烫伤的虫子，猛烈扭动着身躯。

"对了，有件事我忘了告诉你。我家里有这么多我妹妹的东西，难道你不觉得奇怪吗？是的，这里根本不是我家，而是我妹妹家，哈哈。这里到处都弥漫着我妹妹的气息，你现在睡的床也是她的，昨天晚上她还睡在上面，只要你趴下去闻闻，她的气息到处都是。你一定会觉得很害怕很难熬吧？不过，现在还好，我想最难熬的时间应该是晚上，那时候你困了，想要睡觉，但是那些漫长的视频依然在播放，我妹妹的声音还在你耳边回荡，你的意识会逐渐模糊，你会感到我妹妹在你身上一点一点地复活。"

"啊，天哪！你这样对我，到底为了什么？"他浑身战栗，觉得这个女人比巫婆还要恶毒千百倍。

"当然是为了我妹妹啊。"梅香站在他面前，一手扶着电视，一手搭在他的肩膀上，就像是一根粗壮的导线，把他和梅清的幽魂连接在了一起。

"你妹妹已经死了！就算我记住你妹妹的信息又能怎么样呢？毫无意义！"他停止了挣扎，鼻孔喘着粗气说。

"看来你不相信人有灵魂，"梅香叹息道，"你们研究自然科学的，都是这么冷酷的吗？"

"自然科学的研究没有给灵魂留位置，但并不代表自然科学就否定了灵魂。"他争辩道。

"那好，你坦率告诉我，你觉得人有没有灵魂？"

"我希望有。但我不知道，因为这需要证明。"

"证明？这也需要科学地证明？那好，我听人家说一个人刚刚死去的时候，会变轻21克，那不就是灵魂的重量吗？"

"我不知道这个测量数据是否准确，你应该去问医学家。"

"我妹妹死的时候，你就在她旁边，如果当时你能测量一下就知道了。"梅香冷笑着讽刺他。

"疯子！"他摇头骂道。

"在我看来，所谓疯子就是丢掉了灵魂的人，你有灵魂吗？"梅香的语气变得轻细，充满了梦幻的意味。

"当然！我当然有哲学意义上的灵魂。"他想到了她的专业，揶揄地说道。

梅香笑了,说:"嗯,说得好,那你知道'魂器'这回事吗?"

"魂器?"他摇摇头。

梅香说:"妹夫过世的时候,妹妹抱着他的骨灰盒曾对我说,古代有一种冥器叫'魂器'。那是一种非常精美的陶罐,上面绘着山峦、河流、竹林、鲜花等图案,陶罐上方有各种动物、乐队甚至亭台楼阁的雕塑,它是专门用来放置死者灵魂的,在陶罐的顶端还有专门供灵魂进出的孔道。她还感叹着说,古人对灵魂是多么尊重啊,而我们当代人活得太现实了,已经完全没有了灵魂的位置,不管我们活着,还是死去,都没有了。她那时的眼神充满了哀伤。唉,谁能想到呢,这才几年时光,她也死了。"

"这样说来,魂器只是寄托了古代人的一种死亡观念而已。"他说。

"没那么简单,难道你不觉得我们的生活更多的是由观念构成的吗?"

"这在你们哲学上,应该叫作'唯心主义'吗?"他打算嘲笑她,尽管他觉得她的话像一柄利刃,正在向自己的思想深处刺过来。他想躲闪开来。

"不要提你一知半解的东西,我的耐心不多了。告诉你吧，我特别希望为我妹妹做一个魂器，能够更好地安放她的灵魂。"梅香说完后，用一种神秘莫测的目光看着他。

他感到毛骨悚然，不由喊道："可这和我有什么关系？"

"当然有关系了！"梅香说："难道你不觉得陶瓷太冰冷了吗？而且，科学地说，陶罐也不可能储存情感与记忆。所以，我想到，用你这个活生生的人来做魂器岂不是最好的？"

"疯子！你真的疯了！你这个丑陋的巫婆，应该把你活活烧死！"他已经语无伦次了，他之前还觉得这像个邪教的仪式，没想到这成了现实。他怒不可遏，他觉得这是一个饱受摧残的女人从她变态的脑子里想出来的诡异邪念……让他变成一个死人的魂器？他无法接受，即便他是一个物理学家，知道这是不可能的事情，但也会恐惧于这种想法的邪恶。

"你看看你现在的样子！你不是研究物理学的吗？"梅香冷笑了起来，仿佛看穿了他的怯懦。

"你这个巫婆，邪教徒！"他喘着粗气，恶狠狠地瞪着她。

梅香哈哈大笑了起来。那种笑声令他浑身战栗，寒毛竖起。笑完之后，梅香盯着他，突然问道："你知道你的实验数据为什么老是对不上吗？"

"啊？你说……为什么？"他感到内心的神经丛被紧紧揪住了，仿佛冥冥中的答案要在此刻现身了。

"因为你不是我妹妹，你只是你。"梅香幽幽说道。

"什么话？你真的是有病啊！"他恨不得用目光刺穿梅香，这个疯癫的女人。

"你这个对灵魂缺乏感知力的呆瓜，你千万别把我当疯子，我是认真的。"梅香走到他面前，严肃认真地看着他的眼睛，说，"你好好了解下我妹妹吧，深入地了解另外一个人的生活、情感和灵魂，直到忘记了自己，你就会找到答案的。"

"你妹妹又不懂物理学！"他觉得梅香把这两个问题扯在一起，简直是无稽之谈。

"我说的不是你具体研究的物理学，不是那些复杂的假设与艰深的推导，我说的是人的存在，说的是每个人在面对世界时受到局限的状态，从这个角度来看，物理学也只是人和世界的一种关系……"

他愣住了，觉得梅香这次说的话似乎触及了自己心底某个幽暗的领域，而那正是自己深感困惑的地方。

"当你在试图彻底了解另一个人的时候,你不只是了解了一个人,"梅香看着他缓慢说,"你了解到的,其实是世界本身。"

"另一个人为什么会是世界本身呢?"他不解地问,刚才的怒火被一股思想的流水渐渐浇灭。

"这样和你说吧,世界本身就是除了你自己以外的部分,我们把自己剔除得越干净,就越接近世界本身。但是,如果我们将自己剔除到了一干二净的地步,又会变得根本无法了解这个世界。事实上,我们永远也无法将自己从这个世界中剔除干净,这个世界因此就变成了你的、我的、他的世界,所以说,只要你能彻底了解另一个人,便是了解到了世界本身,这是一种矫正,就像你近视了,便给你戴上眼镜一样。"

他瞪大眼睛,久久说不出话来。

多年来的科研生涯,他身边还没有人这样定义过世界本身。他殚精竭虑,利用数学公式或是物理实验,都是在描绘着自己心目中的世界形象。他以为这些研究工具的客观性就能保证他结论的合理性,正因为如此,他才会反过来固执地认为,是实验的数据有问题,而不是自己的理念。现在,梅香的话像一枚子弹击穿了他心中的扭结,他感到有许多被自己禁锢的事物又开始流动了，不只是结论失败的博士论文，不只是被孤独囚禁的生活，还有更多的东西涌进了他尘封已久的内心，他的意识像是一片落叶，被那股激流裹挟着冲了出去……

"好了，时间不早了，我现在得赶去殡仪馆，处理我妹妹的遗体了。"梅香说到这里停下了，意味深长地望着他，轻声说，"你对那里并不陌生，不是吗？你曾经在那里处理过你的妻子和孩子。"

"看来你都知道了。"他低沉地说。

"嗯，我早就知道了。"她抿了抿嘴唇。

"你真的都知道了吗？"他忽然又迟疑了，怀疑这个仅仅认识了一天的人到底能知道他多少呢？

"真的，都知道了。"梅香沉吟着说，"你在假扮我妹妹情人的时候，诉说的那些苦难还不够吗？对人来说，这些苦难就像是风暴眼，你的一切都只得绕着它转动，像是行星围绕着恒星一般。的确，苦难是永恒的。所以，我能理解你，你是个深情的人，这点格外打动我，也正因为如此，我才想让你做我妹妹的魂器。我其实在以暴力的方式来表达我的欣赏，请你谅解。其实，从某种意义上来说，你已经是你妻子和孩子的魂器了，不是吗？"

"你真的这样想吗?"他的声音有些颤抖。

"是的。"

"照你的说法,那每个活着的人,岂不是都要成为亡灵的魂器?"

"这个真不一定。只是那些有着深切的灵魂之爱的人,才能成为别人的魂器吧。"

"深切的灵魂之爱……"他微微点头,陷入了沉思,妻子干枯的手在他的脑海中挥舞着,可他并不觉得恐怖和厌恶,他想握住那双干枯的手。他喃喃说道:"是的,一定是这样的。"

"看来,我们终于达成一致了。"梅香吐了口气。

"那你难道不是你妹妹的魂器吗?"他轻声问道。

"我做不到了,因为我对她的感情不再纯粹了,我对她有憎……"

他用沉默表达着理解。过了一会儿,他说:"梅香。"

"怎么了?"

"你放心去吧,"他挺直被捆绑的身子,尽力抬起头来望着梅香说,"你好好去处理梅清的后事,对于今后的各种关系不必焦虑,都会自然发生的,自然解决的……我知道,今天对你来说,会非常艰难。"

"的确是的，谢谢你。"梅香对他微笑了一下。

"我会待在这里，哪儿都不去。"他也微笑了一下。

"那就好……"

"我是说，我愿意做梅清的魂器。"

梅香略微吃惊地望着他，但仅仅一瞬，那种吃惊就变成了会心的笑容，她说："那我解开你的绳索吧？"

"不必了！就这样捆着我吧！"他看到梅香脸上迷惑的神色，心底甚至有了一丝得意的涟漪。但这种情绪很快就消散了，他重新变得沉郁了，他说："梅香，要成为魂器，除了你刚才说的深切的灵魂之爱，我在想，应该还需要一种严肃的仪式感。没有仪式，我们的情感是很难升华的。捆着我，就是这样的一种仪式。所以，我现在还不是我妻子和孩子的魂器，但是，我迟早也会成为他们的魂器的。"

梅香的眼睛里全是泪水，她走过来，跪在他的床边，紧紧抱住了他。他现在唯一的缺憾就是不能伸出手来回抱梅香。他从梅香的肩头望了出去，看到电视里哭泣的梅清，看到电脑里微笑的梅清，看到堆在桌上相册里妩媚的梅清，以及日记里多愁善感的梅清，他感到脑海中升起了一股晦暗的风暴，在他的意识中心呼啸旋转着，那里出现了一个越来越幽深的黑洞，这个黑洞正在把眼前的这些信息迅速吸纳进去，他知道，用不了多久，梅清就会在那里复活，接着，他的妻子和孩子也会出现在那里。他丝毫不感到惊异，因为这和凝聚态物理学类似，是一种生命的凝聚态。当温度接近绝对零度时，所有的原子都凝聚在了同样的状态下，没有了差别，体现出同样的性质。而记忆，基于深切的爱，也会在生命的深层凝聚起来，让灵魂得以永生。

归 息

◆

难以融化的坚硬内核
带来了高原入云般的探寻与救赎

"心之忧矣，于我归息。"

——《诗经·曹风·蜉蝣》

我从不相信梦，可梦总是让我困惑。我曾在毫无预感的情况下梦见和管苧热烈接吻，没想到第二天就梦想成真了。恋爱中的人们梦见接吻完全可以认为是潜意识的投射，可诡异的是，我在梦里看到的管苧，无论是模样、表情、姿势，乃至微微呻吟的声音，都和实际中的完全一致。如果还有人觉得这也不算什么的话，我可以补充一个最有力的证据：她鬓角有一粒细小的红痣，那是我之前从未见到过的，但我在梦中看见了，无论是大小、形状还是位置，都和实际情形一模一样。显然，这就不能用巧合来解释了。

这么说，好像我在强调某种神秘的东西，其实不是的，也许恰好相反，我不是一个神秘主义者，因此我也在千方百计地给自己找一个科学的解释。我想了各种解释，其中有一种解释我觉得比较科学：我的眼睛是看到过那颗红痣的，只是意识没有留意到，而在睡梦中，理性退场，潜意识登台，眼睛的感官记忆重新活跃了起来，进入梦境，被我捕捉到了。我觉得，这个说法应该也能说服别人。

不过，管苧就对我的这个说法不屑一顾。她觉得这是我编造的,是我对她的讨好之词。她说,如果这个梦是真的,那我就是在梦里讨好她。我丝毫没有这样去想过,明明只是一种神秘的体验,从何而来的讨好呢?当然,这件事放在客观角度,听上去的确像是一种感情的强烈表白,日有所思,夜有所梦,跟患了相思病似的。好吧,没问题,那就是讨好了。我不再说话,低头亲亲她耳鬓的小红痣,似乎那是唯一能证明我诚实的所在。

我和管苧发展到这一步,远远超出我的预期。我们其实是同事,她是编辑,我是记者,我们在同一个部门。当然,我们《文化周报》的这种同事关系与别处不同,记者和编辑并不用经常见面,我写好稿件用电邮发给编辑就好。但自从管苧来我们部门后,我就有事没事往报社跑,装作忙忙碌碌的样子,老是待在办公室里加班写稿件。我的动机简单明确,就是为了多看她几眼。但目的又很不明确,我似乎并没有和她成为男女朋友的那种冲动,我只想远观欣赏而已。这种复杂的感觉对我来说,尚属首次。

管苧当然是很漂亮的,远远望去,便是长发长裙,飘逸如云;走近再看,一双杏眼,眼瞳幽深,像通往银河系的隧道,吸引了太多的事物而需要破解。就连她说话的声音也温润动听,因此,同事们都叫她"仙女"。可话说回来,我当记者也有些年头了，漂亮的女人也见得不少，管苧并不是我见过的最漂亮的女人。所谓漂亮，我指的是那种五官无可挑剔的精致，但那样的女人大多一开口，顿时就让人感到眼前的明媚被蒙上了阴影。管苧最致命的魅力就在于她的漂亮如同光源，是创造的而非停滞的，是内敛的而非张扬的，那种发自天性的克制与收紧，让她的举手投足都带有巨大的磁力，像爱情那样吸引着我，但我知道，那又不是爱情，或者说，不仅是爱情。

我这个老记者最初面对管苧的时候，一定是有些自卑的。和我同龄的那些记者早都"上岸"了，要么进了管理层，要么去了相关的企业（比如去证券公司的就不少），最不济也做了编辑求个安稳。只有我，还和新来的大学生一起，奔波在城市的各个角落。这些前同事每次见我，总像见了一级珍稀保护动物似的，嘘寒问暖，关怀备至，笑容背后藏不住那点儿可怜的优越。其实我不是走不了，而是我自己不愿意离开记者岗。当记者挺好的，写完了稿子，其他的时间都可以自己打发，并且，钱也不少挣。记得有一回，利用采访的机会，我还参与了一部电视剧的脚本修改，虽然被反反复复折磨得快要发疯，但也扎扎实实地赚了点真金白银（够我几年的购书费用了）。这总比关在笼子里强吧。我这属于当记者当野了,把自由看得比什么都重要。

因此,我见了管苧的自卑,并不是世俗认为的那种自卑。我面对她的自卑,来自对美的崇拜。管苧自己几乎没有那种世俗的优越感,但她的存在本身堪称优越,我认为任何人,尤其是男人,面对她的时候都应该感到自卑。我说的这些是真话吗?我这是在为自己辩解吗?这种辩解是在自欺欺人吗?我不清楚,可这些心里话,我永远都不会告诉管苧,这些话才真正是充满了失败苦涩的讨好之词呢。如果她听到了,不知该怎样笑话我。

我跟管苧开始了漫长的熟悉之旅。在单位,同事们中午经常会凑在一起叫外卖吃,扯一些轻松的八卦新闻,我和管苧也经常混迹其中。媒体人嘛,小道消息也多,比如大家可以针对某个明星的离婚事件,发表各种各样的猜测和论证,而后哄然一笑,抛到脑后。管苧不是不苟言笑的冷美人,也会跟着大家瞎聊,但总是适可而止,说多了她便走开去忙自己的事了。她的离开也并不突兀,比如借故去卫生间或接电话什么的,一切自然而然,不让人尴尬和难堪。

因此,我跟她除了工作以外的对话,屈指可数。我并不迫切地要创造机会,跟她说些什么,我只要能看到她、听到她、感受到她,便已足够。我像是一个暗恋者,但我对她并没有欲望，也没有任何期待，更不像情窦初开时对女同学的怀春之情。我想，她对我来说，就类似一种象征，似乎在证明世上仍有极为美好的人和事。

不过，在同一屋檐下，时间久了，总会有奇迹发生。

"我从没见过你这样的记者。"

这是管芐第一次和我单独吃饭时，对我开门见山的评价。

那天同事们恰巧都不在，只剩下我和她。办公室忽然变得异常安静，我甚至听得见隔壁办公室的说话声。我紧张得嗓子发干，只好不停地喝水。我听见自己喉头吞咽的声音，像是一条刚刚逃出沙漠的惊慌猎犬。到了中午，还是管芐主动提出，我们一起叫外卖。我像随时待命的士兵终于接到了命令，赶紧主动打电话给餐馆。

"没见过这么老的狗仔是吧？"我又喝了口水，肚子都快成暖瓶了。我的自嘲当然是慌乱的，赶紧堆起了不自然的笑容，像面具那样戴在脸上。

"别这么说自己的职业，你是文化记者，有文化的人呢。"她一脸严肃，眼神清澈地盯着我，没有半点开玩笑的意思。

"我开个玩笑，"我咳嗽一声，左右手交叉，叠放在桌面上,"那你怎么说没见过我这号的?我有什么过人之处吗?"

"你很认真,经常能看到你在加班写稿,而且稿子的质量也不错,阅读量和知识面很广,可以说,你是学者型的记者。你工作真是用了心的,这点最关键。"她这次说完微微笑了下,像是老师表扬完学生的样子。

"谢谢,没想到你编稿还会那么认真。"我略略有些惊讶,不知从哪一天开始,同事之间很少交流文稿的质量问题了。这让我猛然想起了很多年前,自己刚刚成为记者时的心情。那会儿,我的新闻理想烫得像烙铁一样,折腾得我常常失眠:为了一个专题的成功,我不顾风雨雷电,必赶去现场实地采访,然后再像学者那样去研究相关的一系列资料和理论,即便通宵达旦也在所不惜。每每看到自己写的深度报道占据报纸的一整版,那种喜悦让我格外踏实,甚至觉得自己的生命都没有虚度。我想,正是那种高强度的积累和训练,让我在如今激情衰退的情况下,还能保持住一丁点亮色。

"你开什么玩笑,我是编辑,我不看你的稿子,怎么行?"她说完,平静地看着我。我盯着她认真的样子,发现她的好看是浑然天成的,仿佛连眉毛也没修饰过。她的这张脸,让她的话天然就具备了力量,她一个小小的反问,在我这里几乎成了质问。

"那真是我的荣幸,你一定多指教。"我真诚地说了一句毫无特点的客套话。

"得了吧你。"她站起身,收拾好饭盒,丢到了楼道的垃圾桶里。她回来的时候,看到依然坐在原位的我,对我说:"咱们多交流。"

我敏感地嗅出了她简单中的真诚,伸出手臂,做了个OK的手势,看上去像个接受过人工训练的大猩猩。

再回到案头写稿的时候,我心底的灰烬似乎被吹了一口气,重新亮起了红色的火苗。

我的努力很快有了回应。"这篇写得不错!"我刚刚走进办公室,就听到管芋远远地冲我喊。其他同事转头瞪着我,各种猜测遐想的目光,我像做错了事情那样,竟然闹了个大红脸。她并没有止步,继续向前,带着她如云的风采,我刚刚坐下,她已经走到我桌前,将打印稿在我面前铺开,跟我商量哪里还需要修改。我得承认,她的意见都是很有见地的。我也留意到,她在满意的句子下面画了横线,像批改学生作业似的,还不忘鼓励一下学生。我在想,抛开她的光晕,她身上最吸引我的,就是这种对待事情的认真和郑重吧?她一定是个心怀理想的人。不过,我又想到,这样的人，往往相处起来是很累的，因为这样的人要求完美，而世上又有几人能担当起"完美"这个词呢？我不免有些望而却步。还是继续这么远观吧，也许，感受比占有更高贵。

可我小看管苧的能量了。很显然，我也小看了自己。大约一个月后，那天中午其他同事正好又不在，和上次的情形差不多，办公室里只剩下我和管苧一起吃外卖。这段时间，彼此经常交流文稿，熟悉了一些，因此这次相处我没有第一次那么不自然了，能够比较平静地跟她聊天。我们的聊天，几乎不涉及八卦绯闻，都是问最近看了什么书，有什么心得体会之类的，很有知识分子的谈话氛围。突然，她从马尔克斯过世的话题上抽身而出，毫无预兆地问我："老曹，你就打算一直这么和我闷头吃外卖？"

我一愣，问："什么意思？"

"你也不约我吃饭，真沉得住气。"她露出妩媚的微笑，但我觉得那表情中似乎有一种压抑着的少女的顽劣。

这种情势，即便我此前有难以计数的思绪，这会儿也被一洗而空，我还有什么理由不行动呢？

"对不起，我……我这不是……没这个胆子嘛。"幸福临近的压力让我张口结舌，像傻瓜一样笨拙。

"借你个胆子好了。"她不疾不徐，优雅得体，无懈可击。

"嗯，你等着，我会让你好瞧的。"我想说个笑话来着，可说完，我们谁也没笑。

"别让我失望。"她低头吃饭了。

我却一口饭都吃不下了，心脏跳得很快，激动又迷茫。我还想对她说些什么，她却把话题转回到了马尔克斯身上，跟我聊起了即将要完成的一期纪念马尔克斯专版。

"马尔克斯是我们大家都喜爱的作家，你一定要写好呀！"她颇有些语重心长了。

"《霍乱时期的爱情》！"我喊出了这个书名，没有什么比这个书名更符合我此刻的心情了。

周末约她去看电影？但转念一想，以她的艺术趣味，也许更喜欢话剧？我打电话给剧院的朋友，得知最近有一部轻松诙谐的音乐话剧《我们的家》。我听到这个名字，觉得这正是我所渴念的。说老实话，我也三十多岁了，早有了成家的渴望。管苧看上去很年轻，但我偷看过她的履历，比我小几岁而已。到我们这个年纪还没结婚的，周围越来越少了，因此我也不能免俗，刚刚跟谈恋爱沾点边（还不知道有没有希望），就想到了婚姻、家庭的归宿。但我同时也不免揣度：管苧作为女人，不可能没有对家的渴望吧？也许，一个家比一段情，更能让她心动。

在看话剧的前一晚，我梦见我们接吻了。逼真的细节让我战栗。醒来之后，我摸摸空荡荡的身侧，仿佛管芋睡在那儿似的。待我起身喝口水，便彻底清醒了，我坚定地认为这不可能，太快了！我和她别说接吻，手都没牵过！那次吃饭时她说的话现在像梦一样，我都不敢确信她是否真的说过那样的话，难道那一切都是我自己的痴心妄想？我没法求证她，只能更努力地去感受她。我的鼻腔隔着老远甚至都能闻见她的气息，她的存在对我来说，不再是一种象征了。她入侵了我，我已经无法继续保持平静。我像紧绷的弹簧，把绵绵情话全部深藏心底，就算那天她的话是我的臆想，也不能阻止我对她的表白了。我闭上眼睛，不敢去回忆梦中的亲吻。但我忍不住，还是要去回忆，一遍又一遍，直至那些原本清晰的细节变得浑浊。我身体燥热，辗转难眠，深感无助。我可怜起了自己。

第二天晚上，我们一起在能看得见江景的地方吃了泰国菜。我记得她提过冬阴功汤的，果然，她很开心。我的心稍稍有些轻松，生怕一开始就没踩到点。我看着她开心的样子，忽然想到昨天的梦境，忍不住把目光移开了，不敢看她。她极为敏感，马上问我在想什么，我笑了笑，参着胆子，直率地问："我在想，你这么好的条件，怎么会愿意出来和我吃饭。"

"你怎么了？你不是也挺好的吗？"她淡淡一笑，胸有成竹的样子。

"我有多好，我知道，但是我不傻，我更知道你有多好，那种程度甚至超出我的想象。"我往后一靠，脑袋前倾着，像迎头等待她的批评。豁出去了，这个时候坦率要比躲闪强，我不希望自己因为怯懦而变得顺从。

"是的，我也不瞒你，一直有很多男人围着我，我有时不胜其烦，"她顿了顿，这个瞬间对我来说意味无穷，我的心脏跳得欢快极了，像只快要暴露于阳光下的鼹鼠，"但是，我有我的尺度，我喜欢有思想、有理想、有自由的人，这样的品种在今天可是不多了。"

"现在都是要'高富帅'，你却要这另类的、甚至过时的'三有'，这种'三有男人'没几个女孩喜欢了，像大熊猫一样稀少。"我摇摇头，不自觉地叹了口气。

"我看你就是头大熊猫。"她说完，脸色微微有些红润，这是她第一次在我面前表现出羞赧的神情。

"你说的'三有'，我最多只占了一个，那就是自由，谁叫我是懒散闲人呢？你要是指的是这个，那我就当个

'准'大熊猫吧。"我自嘲道。我分明极度渴望她的肯定,却在她的肯定之下,做出言不由衷的抵抗。我是生怕让她失望吧,因此一开始就不想给她希望。

"你都有,别掩饰了。你要自信的。好了,不说这个了,我们走吧,时间差不多了,话剧快开始了。"她直起上身,抓好包,双腿并拢,准备随时发力站立。她真是风姿绰约,可我不敢多看,我只敢看她的眼睛,她的小小银河系。我感到自己掉进了她眼神的星云里边,分不清东南西北了。

我们沿着江边走了会儿,然后乘地铁到了剧院。

不出所料,管苧坐在剧场里看得津津有味,该鼓掌时鼓掌,该笑时必笑,还偶尔会转脸寻找我的存在,试图和我分享她的感受。我被她感染了,竟然也投入了进去,第一次觉得话剧也是相当抓人的,那些夸张的舞台造型逐渐融化成了心底的布景,变得极其自然。我以往看话剧,都是看到一半就昏睡了过去,醒来后拿着资料册懵头懵脑回去写稿,完全没有享受的愉悦。今天管苧在侧,我丝毫困意也没有。我靠近管苧的那只手虽然一直蠢蠢欲动,想干点什么,但欲求并不强烈,时常被舞台吸引而忘记自己猥琐的企图。等到话剧结束的时候,我才意识到自己做了一次多么称职的好观众。

话剧的情节也很简单,一个社区管理员为了丰富大家的业余生活，想组织大家一起参加合唱比赛，过过集体生活，但每个人都因为各种各样的事情逃避参与。后来，大家跟管理员谈条件：能不能给修个锁？能不能给换个马桶盖？能不能维修的时候先从自己家开始？形形色色的小人物轮番出场，斗智斗勇，又满怀同情，和我们隔壁的老王老张没什么区别，但演员演出了他们的内心世界、他们和这个世界的纠缠关系。是的，每个人都有自己的痛苦和追求，我不免就想到了自己：我的痛苦、我的追求究竟是什么？当记者的这些年，我感到自己越来越无力了，没有人再提"无冕之王"这个称呼了，媒体还有什么影响力？我们《文化周报》，是不是还不如娱乐明星的一个微信公众号呢？这种情绪折磨我不是一天两天了，可看到同事们对艰难处境的轻松调侃，我总觉得自己过于脆弱了。我老是对自己说，人家能面对的，你为什么不行？因此，我不愿意再多想，该干什么干好就得了。我觉得我只要做得比那些对什么都无所谓的人好，我就可以问心无愧。

现在事情变复杂了，因为管莩出现了，她有意无意都让我重新去面对那些问题，那些隐藏在我心底帷幔后边却时刻躁动如同野兽的问题。我被她吸引，又想挣扎逃离，但终究，不但是她的力量，还有我心底的声音，让我意识到这种吸引的本质是多么难得，我应该无条件地向管苧投降，跟她一起去揭开那层帷幔，去和野兽战斗。

散场后，我们走到剧场附近的一家咖啡店门口，我邀请她进去喝点东西，她在犹豫这么晚了还要不要喝咖啡。

"不一定喝咖啡，可以要点别的什么。"我提议，颔首微笑，一脸真诚。这个夜晚很美好，我想延长它。

"谢谢你，我很喜欢这个剧。"她还在回味，她忍不住回头看了看剧场，那儿只剩下几对情侣在和海报合影。

"我还担心你会不喜欢。我不懂看剧，但这部比我想象的要好许多，甚至可以说，是我看过的话剧中最打动我的。"我把手伸进口袋，还能摸到票，我把票紧攥在我手心里，似乎可以获得神秘的力量。

"你不懂？少来了！"她迅速扫了我一眼，似乎用眼神便戳破了我的谎言，她迅疾又回到戏上，说，"我怎么会不喜欢呢？那几位演员都太优秀了，表演很有感染力，尤其是这部剧的主旨也非常契合我们这个年代，让我们反思个人生活和公共生活。唉，我不由得记起上大学那会儿，我还是学校话剧社团的呢，我们自编自导自演，玩得不亦乐乎。"

"你肯定每次都演女一号吧？"

"那可不一定！我什么都演过，还演过一头大海龟，是智慧的化身。最好笑的是那个剧本还是我自己写的,我居然给自己分配了这么个角色。"她笑起来,夏天的夜晚总是轻快的,这笑声也轻盈如风。

"你总是喜欢挑战自我吗?"我抬头看看墨蓝色的天空,想起海洋的深处,"什么时候能看看你演海龟的样子,好期待。"

"再也不可能了……真怀念那样的时光。"她似乎有些伤感了。

"我们还是走走吧,散散步。"我赶紧转移话题。

走出剧场的大院,这是一条老街,全是复杂的鹅肠小道,两边挤满了各种各样的杂货铺,也有不少住户,间或能听见孩子的哭声和老人的咳嗽,加上窗帘背后透出的温馨灯光,不仅没有一星半点的恐怖,反而让这寻常的人间烟火多了朦胧与暧昧,特别适合情人的散步与倾诉。

我们边走边聊,有一种无拘无束的舒适。

我趁着夜色掩护,竟然像喝了酒似的,干脆大胆地告诉她,自己从小是有一个记者梦的,这个梦又如何面临着幻灭的危险。我从没跟其他人说过这些话,这些令人羞愧和害臊的话。她不动声色地走在我身边,并没有急着抚慰我,只是应和着我脚步的频率,和我保持着一样的步伐。她的短暂沉默中有一种坚定的意志，与小巷中笼罩着芸芸众生的神秘力量，仿佛如出一辙。

"其实我是个小人物，没什么故事，不像你，一看就是名门闺秀的。"我尚未充分描述完自己的幻灭，自卑感就沉渣泛起，让我用这样的陈词滥调结束了自己的倾诉。这样的话，每次都让我后悔，可每次我还是会说出来。也许，这正是我的弱点所在吧。我闭上嘴巴，特别想听听管苧会怎么说。

"你不是小人物，或者说，对于历史来说，我们都是小人物。我们不说那些大词，你和我一样，首先都是活生生的人，我们都把命寄放在文化里，因此，你的能量还没有完全爆发出来呢，我能感受到你的那股力量的。"管苧说着，用肩膀轻轻碰了碰我。

"谢谢……"我内心多么感激她，她不会知道的。

"至于我，我倒是想谦虚一下，不过我一想，你说的'名门闺秀'这词虽然烂俗，可还是有点儿符合我的情况的。我的意思是，我想夸夸我的父亲。我母亲走得早，我是父亲带大的，因此，我受父亲的影响太深了。他真是个学富五车的学者，谈起问题来总是能入木三分，至今我有什么困惑，都会去找他聊天，寻求解答，他就像大海一样渊博，总能让我信服，让我获得力气，重新投入到生活和工作当中。"管苧提起她的父亲，语气都变得深情起来。我倒是有些惊讶管苧的身世，母亲早逝，对一个孩子意味着太多的缺失，命运看来并没有对管苧尽善尽美。

"你有这样一位父亲，我一点也不意外，你说的我都很想读读他写的书了。"我说着，忽然也很想对她聊聊我的父亲，我的起点，我的源头，"我的父亲是一名小城的政府官员，小城的文化氛围很贫瘠，因此，他最大的爱好便是晚饭后读晚报。我中学时代写了篇关于春节该不该放鞭炮的作文，被老师推荐到晚报上发表了，我父亲看到后，他那激动的表情我一辈子也忘不了：那天，他居然拥抱了我。他是个老派人，那天是我有记忆以来，他第一次拥抱我。我高兴极了，感觉自己获得了无上的成功。所以，可以说，我选择当记者，就是在那一刻决定了的。"我说到这里，忽然感到了一阵沮丧，停了下来。

"看来，父辈对我们的影响，超出我们的想象呀！"管苧感叹道，她似乎没有察觉到我潜藏的沮丧。

"但我的父亲后来觉得我是个失败者。"我苦笑了一下。我本来不想扫兴的，但我觉得管苧误会了我的意思，我还是想表达出自己真实的一面。如果此时此刻在她面前还继续掩饰,那么我做人也太没有意思了。

"为什么呀?你不是成了记者,完成了他的心愿吗?"她不解,仰起脑袋,眼睛闪着光泽,单纯得如同一只猫。

"因为,他的心愿并不是希望我当记者,而是希望我成为一个成功的人。这二十年来,成功的标准发生了多大的变化啊!我父亲和其他人一样,不再认为记者代表成功。这种想法当然有问题,但可怕的是,我自己也无数次那样想过:记者不再是无冕之王,有太多的记者败坏了这个职业的高贵,纸媒的衰败更是让记者失去了自信和力量,因此,我不再和父亲聊工作上的事情。他的生活习惯一时半会儿还是没变,还是喜欢看晚报,但你知道,现在的晚报还有什么好看的,基本上都是文摘,他只是觉得读晚报能让自己和世界还保持着联系,但实际上他和世界之间的道路已经塞满了淤泥。这绝不是我讽刺他,他自己有时都忍不住向我抱怨:'现在的报纸怎么越来越没营养了?'我只能说:'你还是上网看新闻吧。'他说:'算了,眼睛受不了电脑屏幕。'我还能说些什么呢?难道我对他说:'爸,你还是看看我们《文化周报》吧?'我可说不出口。"

我一口气说了许多,当我模仿父亲的语气时,我和管荨都笑了。话语就像是泡沫,溢出了我的边界,像是抱怨,又像是在指责。我觉得这么说也许有些刻薄，尤其对我父亲，我从未用调侃的语气跟人谈论过他。

管苧停了下来，盯着我，笑容已经不见了，脸上充满了惊讶，她没想到我会说出这么一番话，让她大吃一惊，还是大失所望？我无法判断，无所顾虑，我扭头看了会儿远处的街灯，然后发现她还在盯着我，像是要用目光凿穿我的外壳。我要抵御这样的目光，就不能再逃避，我和她对视了起来，这个过程让我获得了一种勇气，也许是来自绝望的、虚无的乃至无赖的勇气。这时我早已忘记了昨晚亲吻的梦境，但那梦境依然驱使着我的身体去实现它。我不再犹豫，伸出双臂紧紧抱住管苧，深情地吻她。她浑身颤抖，仿佛受到了惊吓。但她没有拒绝我，等到她的嘴唇开始回应，她的颤抖便立刻停止了，我感到她纤细的手指钻进了我的头发。

我微睁的双眼看到了她耳边的红痣，昨晚的梦境这会儿清晰重现，我被那种神秘的宿命力量击中了，我闭上眼睛，她的吻像是深海的旋涡，把我吸引到了全然陌生的境地。我几乎钻进了云朵里，飘向了任意方向。

这个吻，让我们忘记了我们对父辈的不同看法、我们的不同来路，它像是一道突然崛起的山峰，把我们的生活分成了前后两个部分，甚至胜过婚姻对于生活的分割。也许，有了这个吻，婚姻便成了可以眺望到的事物吧。

那天晚上，我们接吻，散步，聊天（接吻之后的聊天，便成了没有具体话题的呢喃，情人之间的柔风细雨），再次接吻，竟然缠绵到了天光微亮时分。我对自己都多出了好感：在这具日益消沉的身体深处，竟然还藏有这么巨大的能量可以去爱，这远远超出了我对自身的判断。我以为自己再过几年随便找个女人便结婚过日子了。现在，我为自己感到庆幸，爱是一切的希望，我感情的每一个细胞都在复苏。

我们一夜走了十几公里，却浑然不觉，直到她告诉我前边就是她家了，我才惊觉我们从城西走到了城东。我是说要送她回家的，只是没想到是走路送她回家的。天天生活在这个城市，双脚真实丈量过的地方其实非常有限，因此站定之后环视四周，街灯昏黄的光晕让我心中涌起一种陌生感，不论对自己，还是对管苧，还有这座城市，都感到些许陌生，而陌生又焕发出新鲜的生机，这种诱惑令我恍惚起来。

"明天见。"我说。

"等会儿见。"她笑道。的确，还有几个小时就上班了。她把我拉回了现实层面，那种陌生感正在散去，只剩下了新鲜的诱惑。

"估计回去就累瘫了。"我打了个哈欠。

"不会的，我现在还不困呢。"她的眼睛的确闪着光泽，毫无倦意。

"那再走走？送我回家？"我打趣道。

她大笑起来，冲我挥挥手，转身进了小区，她回头看了我一眼，我就在等待着这个瞬间，用尽全力去铭记她的侧脸。我无法想象没有她这一回眸，这个回眸像是今夜完美的句号。一夜的缠绵，已经让我狂热地留意她的每个细节。我希望她真正爱我，如我爱她一般。

几个小时后，我们真的在办公室见面了。如她所说，真的不困，我回到家，冲个澡，躺下闭上眼睛，全是她的笑容和声音，想起一会儿还可以见到她，更是睡意全无。我干脆躺着看起了书。当我回到办公室，我看到她已经坐在她的位置上了。我们对视了一眼，昨晚的记忆瞬间又被点燃。我坐在毫无美感的办公桌前，却觉得这一切焕然一新，简直是世上最好的工作环境。从我的位置上看不见她，但我时刻意识到她就离我三米远，我心中充满了踏实（就像是被爱情吹鼓的气球）。她激励着我，我感到自己工作起来有如神助，我甚至在文章中恢复了一种久违的激情和诚实的道德感，我确信，她会喜欢我这样。因为，连我自己都喜欢自己这样。

三个月后的一天中午，管苧跟我正吃着饭（我们早已不在办公室吃外卖了，而是一起去饭店吃饭，享受二人世界），她忽然若无其事地说："这个周末没事吧？带你去我家，见我爸。"

我迟疑了，短暂地沉默着。

这回她愣了，有些不安，说："我们的关系不是很稳固了吗？你还在犹豫什么？"

"当然，这还用说，"我略显尴尬地笑笑，"我……我只是还有点儿没准备好，说句老实话，我有点儿怕你爸。"

"为什么呀？"她用纸巾捂着嘴巴，大笑了起来。我此刻的样子一定是很好笑的。

"他是那么著名的一个大学者，我去见他，哪里来的底气嘛！"

"你又不是去考研究生，你怕什么！再说，他非常和蔼的，不会给你带来什么压力。"

"可是，如果这个人居然想做他的女婿，恐怕他就和蔼不起来了吧？"

"别贫嘴了，到时放轻松一些，跟他聊聊你的工作、你的想法，就像你平时跟我聊天一样。"她伸出手，放在我的手背上，轻轻抚摸着。

"只好如此了。"我反手抓住了她的手,拉到我的面前,轻轻吻了吻。

其实,我刚刚和管苧接吻的第二天,我就打电话给母亲,告诉她我有了女朋友,并详细介绍了管苧的情况。母亲听到管苧这么优秀,一直笑,让我抽时间尽快把管苧带回家,给她好好看看。我知道,母亲现在最关心我的,就是娶媳妇、生孩子这两件事,典型的中国家长。父亲得知管苧是"名门闺秀",居然抢过话筒,让我要牢牢把握住这个"机会"……

这些细节,我从没跟管苧透露过,父母的迫切,让我有种羞愧感。而且,我似乎还做不到理直气壮地邀请她去见我的父母,难道我的自卑还在折磨着我吗?还是我对她疑虑未消?抑或是担心两个家庭之间的差异?或许,还有别的什么未知的情绪?我说不清,也从未试图去理清。面对管苧,我经常会忘记其他的一切背景。现在,没想到,管苧率先提出要带我去见她的父亲,我不免再次焦虑起来,我不仅仅是怕她的父亲,更是怕这些内心中晦暗不明的区域。

但我心里还是感激管苧的,有种感情步入新阶段的暗喜。

周五下午,我提了一大篮水果,还有一箱牛奶,叫了辆出租车，跟管苧回她家。路上，我心里百感交集，记得好久以前，我曾和大学时代的女友去她家，我什么都不懂，竟然空着手就去了，当时的女友也不以为意，可她家里对我没什么好印象，不知道和我空着手上门有没有关系。（我跟自己开个黑色玩笑。）其实，主要原因是她父母都是官员，希望我毕业后也能够考公务员从政，可我竟然进了报社，让他们大失所望。因此，每当女友和我闹矛盾的时候，她的父母直接劝她离开我。三番五次之后，我们果真分开了。

想起往事，我不免有些伤感，我伸手摸了摸管苧的膝盖，那儿的坚硬让我平静。管苧似乎感受到了我的心情，故意斜眼瞅瞅我拿的东西，调侃道："你这是去看病人呀。"我羞得脸红了，说："那你也不给我一些提示，去看长辈不都拿些实惠的东西吗？"管苧说："逗你玩呢，你这样显得蛮朴实的，我爸会喜欢朴实的人。"午后的夕阳照进车内，升腾起一股燥热，她伸出双手，将肩头的头发捋到了耳后。那粒顽皮的红痣露了出来。我每次看见这粒红痣，都会想起那个清晰的梦，从而反复确证我和管苧的感情是命中注定的。

这种宿命的想法，让我的焦虑缓解了好多。

管苧的家在市区一个紧邻江边的高档小区里，楼与楼的间隔很宽阔，到处都是嫩绿的草坪，自动洒水器喷出的水雾在阳光下形成了小小的彩虹，并把那种植物腥甜的气息送进我的鼻腔。路边长满了不同种类的参天大树，红色木棉花正开得灿烂，树枝上还栖息着不知名的褐色小鸟，叫声婉转动人。我作为记者对这座城市也堪称了解，但居然从未来过这么好的小区。我的心情愈加复杂：我在这座城市奋斗了快二十年，前年才勉强在城郊买了一间八十平方米的房子，每月还在供着不菲的房贷，顺利的话，预计在我五十五岁那年能够还清房贷，成为一个无债一身轻的自由人。但是，管苧从小就生活在这样的地方，她不是衣食无忧，而是锦衣玉食，我们之间可以克服这些因素，美好地生活在一起吗？

这三个月来，我倒是没有觉出和管苧有多大的差异，赶时间的时候就吃碗街边的拉面、汤粉，甚至啃几口包子，她从没有抱怨过什么，还很开心的样子。她的衣服和提包都很漂亮，但我看不出是什么牌子的，她巧妙地隐藏着这些普通女孩子喜欢显摆的细节。她很谦和、很低调，我觉得这种谦和、低调和她的优雅一样，也是她修养的一部分。我对此是暗暗欣赏的。不过，婚姻毕竟不同，不是偶尔的表演做戏，而是日复一日没有尽头的琐碎生活，大家的价值观念与生活方式都会在婚姻这个战场上进行各种形态的交锋。如果双方差异过大,战役一定会不断升级,成为鱼死网破的惨烈决战。

"我家搬来这个小区,也就十来年的光景,"管苧似乎看出了我的疑虑,说,"那时候房价很便宜,各个单位只要有能力,都会给员工分房的。我爸任职的虽然只是一家杂志社,但级别挺高,按他的工龄和级别,再补上一笔钱,就有了这里的房子。"

"对房奴来说,那真是个好时代,"我开玩笑道,"咱们《文化周报》啥时能给员工分房子啊!咱俩要求也不高,两个人给分一套就行。"

"哈,你还想得美!"管苧在我背上捶了一拳,"不过说真的,你知道吗,十五年前,咱们《文化周报》的效益相当不错,那会儿的员工都分到了房子。"

"那我还真不知道,看来纸媒也有过非常辉煌的时候。"我在不工作的时候,其实和单位的关系是比较疏离的。

"当然,网络出现以前,纸媒那是绝对的王者。"

"的确是的,"我问管苧,"那你怀念那样的时代吗?"

"不,"管苧说,"我觉得虽然网络对我的饭碗构成了威胁，但让我的生活方便了太多。"

"你真是历史的公正判断者。"我半开玩笑道。

"你才知道吗？"她笑道。

"你总是让我惊喜。我还有个问题想问你，希望你不要介意……你爸也是个官员？"我迂回了一大圈，还是抑制不住地问道。那份敏感，似乎必须要得到回应。

"在某些场合下是吧，比如在和官员交往的一些场合，对方也把他当官员。"她说，"不过你放心吧，他身上没什么官气，用他自己的话说，他就是'一介学人'。"

"哦，就跟咱们总编一样，跟我们在一起是媒体人，跟外边单位交流的时候，他就是官员了。"

"是的，一样的情形。"

七号楼801房到了，管苧按响了门铃，我听见里面传来一位老者的声音："来了，来了。"随着一阵拖鞋的踢踏声，门开了，一颗花白的脑袋露了出来，还有一双隐藏在老花镜后的眼睛，管苧还没来得及说话，我便赶紧叫了声："伯父好！"老者慈祥地笑着，他毫不掩饰地打量着我，然后侧过身子说："都快进来吧！我都做好饭了，尝尝我的手艺。"

"爸，你辛苦啦。"管苧说着带我进门，放下礼品，换鞋,我直起身子,才第一次完整地看清了管伯父。

他和照片上不大一样,照片上的他指点江山,神采奕奕,看上去正值壮年,和这个时代的成功者有着类似的形象,而生活中的他,看上去有些疲惫,头发凌乱,皱纹丛生,瘦弱的身子让睡衣显得宽大。他一定是思想过度了。我对他少了一份畏怯,多了一份敬重。其实,自从我知道管芓有个学者父亲,我便找到他的书,开始偷偷研究他。原来,他是一份很有影响力的理论刊物的主编,这份刊物在我读研究生写论文的时候,还多次引用。我又找来他的文章细读,惊觉很有深度,又没有学报论文的八股气,的确做到了深入浅出,怪不得影响力很大。我之前是读过他文章的,只是没有记住作者。

"小曹,快坐,别客气,到这里就跟到自己家一样,不要拘束。"管伯父说着,端了杯茶给我,还拿出烟来,问我抽不抽。我说我已经戒了很久了,他笑着说:"戒了好,我也想戒,可写文章的时候不抽根烟,总觉得哪里不对劲。"

"特别理解,我以前也喜欢写稿子的时候吸烟,可我有一天起,忽然对焦油过敏,一吸烟口腔溃疡就犯了。"我抿了口茶。

"那没办法了。"他遗憾地说。

"是的，不过您少抽点儿，毕竟对身体不好。"我感到他对我的好感多了点儿，脸色也愈加温和了。

"我写一篇三千字的文章，一般就吸三根，开始、中间和收尾，第一根是寻找和进入，第二根是助兴和推进，第三根是庆祝和享受。"他笑了起来。他的声音浑厚，富有磁性，谈论这种生活琐事也趣味盎然，有很强的概括力和感染力。

"我爸克制力很强，不写文章绝不抽烟。"去厨房巡视了一圈的管苧，满面微笑地走了出来，"咱们吃饭吧，没想到我爸做了六个菜呢！"

"我都是瞎做，我说今天咱们去外边吃，苧苧非要在家吃，难为我这个老家伙。"管伯父摘下眼镜，从沙发上起身，招呼我吃饭。看他的样子，我一点儿也想象不出他在厨房里忙碌的样子。

我洗完手，来到厨房，看到桌面上整整齐齐地摆放着六个菜，红绿搭配，食欲顿生，还有一瓶刚刚打开的干红，确实有宾至如归之感。我坐定后，发现桌上放了四个酒杯，难道还有别的客人？疑惑之际，管苧轻声对我说："我妈走后，我爸为了我才学会做饭的，只要是他做饭，一定要小酌两杯，他经常会多放一个酒杯，在心里和我妈聊聊天。"我有些感动，却不知该说些什么安慰的话来，只得望着管伯父微笑了一下，管伯父消瘦的脸上满是皱纹，有一些皱纹微弱地颤抖着，那应该算是一种难以描述的微笑吧。他似乎没有听见管苧对我说的话，或者，在他看来这是一件司空见惯的事情。

"你不用担心我爸，"管苧说，"他很懂得克制自己的感情，这样的时刻一年也没几次，因为他平时在外应酬，几乎是不喝酒的。"说完，她看着自己敬爱的父亲笑了起来。

"小曹，来，我们喝一杯。"

我还没来得及吃口菜，管伯父已经举起了酒杯。我赶紧站起来，跟他碰杯，而后一饮而尽。管苧举起杯子，佯装生气地说："爸，你偏心得也太快了吧，居然第一杯也不带上我？"管伯父笑眯眯的，也不说话，端起酒杯，我们三个人一起又喝了杯。我看到管伯父的脸上有了粉红的血色，整个人的身体也似乎松弛了一些，我意识到他淤积在体内的疲惫比我之前第一眼感受到的，还要沉重得多。

"伯父，我再敬您一杯。"我端起酒杯，尚未放到唇边，他已经毫不犹豫地仰头喝干了。

"你们控制下节奏，还没吃菜很容易喝醉的。"管苧说着拿起筷子，先给我夹菜，再给她父亲夹，恍然间，我觉得我们已经结婚多年，拥有一个特别温馨和谐的家庭。

"酒过三巡嘛，现在好好吃菜！"管伯父也招呼我，他的声音似乎大了些。

我吃了一口他做的菜，味道极为可口浓郁，所用的酱料远非一般家庭厨房所能具备，像是饭店做的，我甚至怀疑他是不是去饭店打包回来的。

"好吃吧？"管苧问我，不等我回答，她就说，"我爸做什么都有一股追求完美的精神，他当初为了给我做饭，竟然会去饭店里拜师，跟大厨学手艺，这种事情，一般的学究恐怕是做不出来的。"

"确实好吃，我没想到伯父会有这样的手艺，还以为是从饭店打包的。"我实话实说了。

他们都笑了起来。管伯父笑得尤其厉害，差点呛到了。

"谢谢，你这句话，是真实的赞美。"管伯父用纸巾擦了擦嘴唇，笑说，"别人夸我厨艺好，比夸我文章好，更能让我开心。"

"为什么呢？文章不是您安身立命的所在吗？"我不解。

"是的，既然关乎自己的安身立命，那么别人夸或不夸，哪怕辱骂，又有什么关系呢？你又不能因为别人说你写得不好，你就放弃了思考和言说。其实，你仔细想，别人夸你写得好，反而很可能让你忽略你身上存在的问题，盲目地狂奔下去，等到了我这个年龄的时候，就无药可救啦！"

他最后一句话像是自嘲的玩笑，但他没有笑，只是端过酒杯来，自己默默喝了下去。也许是为了消除沉重的氛围，他把话题又拉回到做饭上面："做饭让我开心，我想不到比做饭更能代表生活本身的了。思想久了，往往会让我们远离生活，而做饭相当于活着本身。做饭首先是为了生存，但进食本质上是很野蛮的，所以我们把它艺术化，由此，欲望与艺术有了完美结合。笛卡尔说，我思故我在；我说，我做饭故我在。"

笑声重新回到餐桌，管伯父的学者幽默处处闪耀智慧，又没有丝毫卖弄的成分，他似乎将思想融进了日常生活的毛细血管，每个不经意的瞬间都与他强大的内心世界相关联。内部的一个微小颤抖，都会是外部的一声和弦。

"小曹，你会做饭吗？"管伯父不经意地问我。

我暗暗紧张，他刚才将做饭提升到了那样的高度，而我似乎对做饭没有什么热情，我只好坦白道："只会做几个家常菜，实际上也很少做，因为一个人生活的缘故吧。"

"我猜你们谈恋爱也不是一天两天了吧，"他抬眼快速扫了我一下,"还说是一个人生活?"

"我……我是说以前,自从和管苎交往以来,我们工作忙,一起做饭的机会其实也是不多的。"我的脸肯定涨红了,这会儿才感到了拜见未来岳父的压力。

"管苎在家是很少做饭的,只要我说累了,她马上就说我们去饭店吃,"管伯父望着管苎,笑了笑,是那种父亲对女儿的自然又深沉的表达,"现在有了各种各样的手机软件之后,她更懒了,在家的时候连门都懒得出,在小屏幕上就点餐了。"

"爸,现在年轻人都这样,生活方式改变了,你要接受这点呀,这种方便是好事。"管苎夹起一块鱼,小心翼翼地剔除鱼刺后,放到了父亲的碗里。

"当然是好事,但是别忘了我刚才说的话,只有你们亲自下厨,才会懂得生活意味着什么。其实还不止如此,我不是危言耸听,我想对你们认真地说,除了健康问题,天天吃外卖,实际上你们把自己和这个世界隔开了,你们更加陷入到了自己的小圈子里,似乎万事万物都可以安排和归结到你们的小逻辑里边,这是非常虚妄的事情。因此,这种表面的方便,仔细想想,反而是束缚,像是一座名叫'自由'的监牢。你们是在坐自己设置的牢,知道吗?"

"爸，你怎么说得这么严重？"管苧低下头，轻声说。

我也低头吃饭，不敢说话，我发现面前这个老头令我琢磨不透，他的慈祥背后有一种坚定的东西，像是崭新的砂纸一样，只要亮出来，就会打磨得你浑身燥痛。但这种痛，是来自对世界黑暗的顿悟，就像他的话，费解却锋利，将刀刃准确指向目标，你顺着刀尖看到了幕布被划开后的缝隙，然后你感到触目惊心，不敢再看，只想赶紧闭上眼睛。

"好了，我不说这些刺耳的话了，我们好好吃饭，"管伯父举起杯子，向我示意，"不断地质疑、思考，又不断地碰壁、痛苦，这已经成了我的职业病了，小曹你别介意，我看过你的文章，是很有想法的，我知道你会理解这种状态和痛苦的，因此我今天才多嘴了，来来来，我们再喝一杯！"还没等我回应（我很想告诉他，他的话刺痛了我），他的喉结迅速蠕动了几下，一杯酒又消失不见了。

我赶紧陪着喝下，食道里一阵暖流，冲开了我全身的毛孔，我觉得心底似乎有什么东西被老人感染了，也许是酒精的感染，无论如何，我敢抬起头，认真望着他眼皮松垂的眼睛，对他说："伯父，你说得很对，我们是在陷入一种危机当中，一种我们自己从未觉察到的文化危机。"我还想再多点什么，被管苧制止了，她担心地拉了拉我的衣袖说:"咱们能不能安安静静地吃完饭,然后再去客厅喝着茶聊天呢?"

"我也是这么想的。"我说着,将剩余不多的酒匀着倒进三人的酒杯,然后诚恳地说,"伯父,您比我之前想的还值得我尊敬,请您放心,我一定会照顾好管苧的。"

"我相信你,你能理解管苧,能理解我们这个家庭,这点很重要,这会让你们的爱情也变得重要起来。"他盯着我和管苧静静地看了十秒说:"你们定个好日子,把婚结了吧。"

第一次见面,他竟然就把结婚这个字眼说出了口,有种突如其来的眩晕感让我不知所措,但同时,那种宿命般的感受,让我又觉得顺理成章。我多喜欢这样的父亲呀,第一次见面就毫无保留地把情感世界向我敞开了,我感到了一种被接纳的幸福。

"衷心祝福你们!"

管伯父站了起来,左手端起那杯伯母的酒,右手端起自己的酒。我们也赶紧站了起来,四个杯子碰在一起,发出清脆悦耳的声音,如琴键上飞跃的和弦。我看到管苧的眼泪控制不住地流了下来,脸上却挂着微笑。

婚礼很简单，却很隆重。所谓隆重不是指场面的奢华，而是说，我第一次见到了这么多的文化界名人。平时只读他们的文章，现在他们一个个站在你的面前，你会有一种虚实相生的眩晕感。可以说，这是一种文化的奢华吧。当然，这一切的中心是管苧，她是最奢华的，她的存在本身就是奢华的。她穿着洁白的婚纱，真的如同女神，我看着她，时而为自己感到羞惭，时而为自己感到骄傲。但我们近距离站在一起，她的眼神又让我变得平静。

我的父母也来了，他们一脸欣慰，跟管伯父坐在一起。我的父亲前几天悄悄告诉我，其实他一直在读我所在的《文化周报》，爱看我写的文章。"你真以为我不读你写的东西吗？即便我认为记者不再是个好职业，也不妨碍我去探究你在想些什么。"我的父亲并没有说这样的话，但我从他的神情中，分明听见了这样的话。我跟管苧聊起我父亲在偷看《文化周报》，管苧说："所以，我们对父辈永远也不能说了解了，他们比我们复杂得多。"

"我们到那个年龄，也会那么复杂吗？"

"有可能。"

"复杂好吗？"

"无所谓好不好，没办法的事情。"

我们在准备婚礼的短暂间隙,居然还在讨论这样的话题。不过,更多的时候,我们还是跟别人一样愉悦的。我们一起选礼服,选首饰,尤其是选钻戒。管苧开心极了,我从未见她这么高兴过,我跟她开玩笑:"仙女,你平时的矜持呢?""讨厌!你赶快去写请柬吧!"最繁重的任务落在了我头上。

中国的婚礼,是两个家庭的重组。我得改口把管伯父叫父亲了,我端着茶,走到他的面前,把茶杯递到他的手里。

"爸,请喝茶。"一句象征意味浓重的话。

我的岳父点点头,严肃认真地喝下了那杯茶,像是跟我第一次饮酒似的,迅速干脆,一滴也不剩。我看着他的眼睛,瞳仁里闪着智慧的光泽,再看他肌肤的血色,忽然发现他其实很年轻。尤其今天,他穿着笔挺的正装,头发染得油黑,梳得一丝不苟,成功的中年人士的感觉又回来了。我觉得以前背地里叫他"老头",的确是轻慢了他。但他丝毫没有成功人士的扬扬自得感,他沉稳地坐在那里,自有一种值得信赖的父辈魅力。我不得不承认,他的气场盖过了我的父亲。我的父亲今天也容光焕发,但他终究只有官员的威严,少了一份儒雅。但这些都不重要了,我爱他们。我想,此后我们就是一家人了，我从他们的眼神里也看到了同样的含义。

在婚礼的前一天，我又做梦了。我梦见了一座亭子，空无一人，只有风不断从四周涌来，让亭子有一种寂寥的气息。我想走进那座亭子，可走到近前的时候，却停住了脚步。我抬眼四望，全是空旷的白色，没有任何别的事物，也没有任何别的色彩，亭子是唯一的事物，亭子内部仿佛是这一切虚无的核心。我不敢走进那核心，仿佛那核心的位置需要我做些什么，我却不堪重负。尽管，这是一种虚妄的重负。我站在原地，进退不能，感到了慌张。然后，我醒来了，倒没有觉得特别恐怖，但还是有一种阴冷的感觉，继续从刚才梦境中散发出来。我下床，喝了一杯热水，舒服多了。外边起风了，窗帘被吹得像船帆：窗内站着一个无助的水手，窗外是茫茫夜海。我钻进船帆内部，看到了幽暗的天空。天空之下，对面楼还有一间房亮着灯，那灯让我深感温暖。我关好窗户，回到床上，再次沉沉睡去。

这个梦，跟那个关于我和管苧的梦一样，让我无法理解。我没有和管苧说起这个梦，也没有和任何人说起，我不想任何人以任何方式去解读这个梦，因为，这个梦的基调很显然是萧索的。

婚礼是管苧策划的，别出心裁，是在书店里。她的好友经营着全市最时尚的一家书店，那家书店与其说卖书，不如说卖书的气息。巨大的空间被各式各样的书架切割成不同的小空间，小空间里分布着咖啡座、服装店、精品店以及各种专卖店等，像手表、手机和电脑，这里都能找到。顾客在这儿消费可以积分，然后根据积分去选取相应价位的书籍。也就是说，书籍成了附送品。其中一个最大的空间，平时是用来做讲座、交流活动的，现在，成了我们的婚礼现场。

岳父在婚礼致辞中说，祝愿我们的爱情像书籍和文化一样，跨越时间和空间，永远流传下去。我喜欢这个祝愿，它在我心底卷起了一阵战栗，我赶紧看了眼管苧，她的眼睛里蓄着泪水，像是雾中的银河，也回望着我。无端端地，我想起了一句诗词：执手相看泪眼，竟无语凝噎。情景很像，可我忽然想到那是别离的。我摇摇脑袋，要摆脱它。

这个婚礼成为轰动一时的新闻。

我后来才知道，这场婚礼不仅免费使用了书店的空间，而且还得到了书店的赞助，也就是说，我们的婚礼一分钱都没花。书店深谙经营之道，对这次婚礼的大肆报道，让其获得了难以估量的广告效益。我对此深感羞愧，管苧却比较淡然，她说："为书店做广告有什么羞耻的？又不是给什么肾宝做广告。"她说完，大笑了起来，我也忍不住笑了，算是被她说服了。管苧说："但你不要告诉我爸，他是完全无法接受这种赞助的。"我说："还是老人家风骨更硬。"管苧说："这不是风骨问题，是心态问题，我们得让知识有生存下去的途径啊。"我第一次意识到，虽然管苧无限崇拜她的父亲，但她不是盲从他的父亲，而是有着自己的想法的。无论我是否认同她的想法，我都替她的独立思想感到骄傲。

近乎完美的婚礼，却有一个细节让我暗自揪心。

管伯父在最后的感谢发言中，提到了他一位老友的名字：李文辉。他说这位挚友如果还活着，看到管苧结婚了，一定会非常高兴的。我知道李文辉，他曾是省社科院的著名学者，也是副院长，省里好几个影响力非常大的人文项目都是他主持的。五年前，传来他扑朔迷离的死讯，我还负责报道过。他的尸体居然是在市郊的云山河谷里发现的，当时不知道是被谋杀的，还是不小心失足跌落的意外事故，一时众说纷纭。没想到的是，一个月后，有人说他是自杀身亡的。这超乎了所有人的判断，都说李文辉是一个特别温和的人，事业那么顺遂，那么成功，再加上为人清廉政治清白，有什么必要自杀呢？但据"知情人"在网络上发布内部消息，说是从李文辉的身上找到了一封遗书，可知自杀无可争议。

我得知这个消息后,赶赴李文辉的家,希望得到点线索。但大门紧闭,敲门不应。我看到里面有微弱的灯光,间或有人影晃动。我喜欢李文辉的文章,包括他的一些杂文,都很有味道,因此,为了某种纪念,我决定坚持守候。半夜时分,我的坚持终于得到了一点儿回应,一位五十岁的女士(猜测应该是李的夫人,我看不清她的脸)打开门缝,对我抛出一句话:"你就报道说,是因为忧郁症自杀的吧,唉,快回家去,太晚了!"话音刚落,门就关上了。我赶回家,连夜写了相关报道,说明了自杀原因,引发了一轮网络热议,城市病、亚健康与当代人的早衰等话题,都在讨论之列。我无暇顾及这些后续情况(我只是以私人身份,参加了李文辉的追悼会,我看到他的同事和朋友们对他的溢美之词,感到有些不适,尤其是他们将李文辉的自杀归结为纯粹的生理原因,更是让我感到无奈。而我又能说些什么呢?我只是个记者罢了。我本想继续追踪此次事件的始末,但我们总编安排我去跟进另外一宗大学教授的剽窃案,而那所学校,正是我的母校。我深感揪心)。但我心底一直惦记着那位女士的话语,柔到了痛切,痛到了沙哑,似乎给出的是一个无奈的答案,但是,真相可能我们永远也无法知道了,成为这个世界的又一个秘密。那巨大的不可索解的黑暗又多了一丝阴影。我买了一束花，悄悄放在李文辉家门口，希望那位女士能够捧在手里，有一小会儿的好心情便足够了。

我不知道李文辉是岳父的挚友，因此，在婚礼上忽然听到岳父提到他的名字，我的心脏像被电焊的弧光划过，倏然疼痛。好在，那样热烈的氛围，没有其他人会在意这个细节。这个世界上尚记得李文辉的人应该已经不多了，即便他生前是那么知名。李文辉的名字就像短暂的一瞬，我们的眼前只黑了一下，这种遗忘的本能甚至让我们可以无从察觉。大家为岳父的精彩讲话鼓掌，为我和管苧的爱情鼓掌，为世界上美好的事物鼓掌。我多么愿意欢庆的此刻能够被延续到无限久远，让时间也难以走出；或者，哪怕退一步，让这一刻能够被完好保存，可以不断进入。——我说的自然不是录像，婚礼的现场一直有录像，但多年以后再看这场录像，一定已经模糊了当时的心情，却会加上之后的心情，那么，眼下的这一刻便变质了，失去了它存在的特质。

婚后的生活，确实与婚前不同。我们一开始住在我城郊的房子里，但是光坐地铁到单位，就要转四次地铁。我早已经习惯了，但是管苧烦躁得要命，她觉得生命被莫名其妙地浪费了。

我安慰她:"其实路程并不是很远,也就十五个站。"

"老曹!"管苧表示抗议。

婚后,她还是喜欢叫我老曹,尽管我比她也就大个几岁。我喜欢她这么叫,我希望自己在她面前能更成熟一些。成熟,意味着一种更好的爱的魅力。

"怎么了,仙女?"我想疏导她的火气。

"十五个站倒是不怕,但是要换乘四次,实在是太可怕了。"她举起手,伸着四根指头,在空中摇晃着。

我当然理解,每一次换乘,都意味着一次在拥挤人群中的挣扎。我打算买车给她,但她是个环保主义者,决定不再给已经拥堵成灾的地面交通增加负担。这样一来,她有时嫌麻烦,就住回她自己家里,并让我也住过去。我还是很想过过二人世界的,但也确实不忍她受罪,便只得跟她住回去了。

岳父对此表示十分欢迎,他说:"尽管我这个老头子早已经习惯孤独了,但你们在这儿,我心里还是舒服得多。"

管苧是独生女,管苧和我是他仅有的亲人了。他这么说,管苧更不忍抛下他了,连我也被触动了。一个再强大的人,晚年也是脆弱的(至少,在外人看来)。我不由得想起了我的父母。他们至今仍然生活在我出生的那座小城市,他们习惯了小城的舒适，不愿意在大城市的嘈杂中生活，但他们特别有福的是，他们和我的哥哥住在一起。是的，我还有个哥哥。有哥哥和嫂子照顾他们，我十分放心。想当年，我这个"二胎"是属于"超生"的。为了生下我，我的母亲丢掉了肉联厂的会计工作，成了照顾我们的家庭妇女。我特别感激她，让我来到了这个世界上。我也深感幸运，有个哥哥帮我履行着孝顺的责任。

"爸，以后我们会照顾你的。"我发自内心地对岳父说。其中，也有着我不在父母身边的一些歉疚。

"你照顾好管苧，我就放心了。我一个糟老头子，不用你太操心。"他用力拍拍我的肩膀，好像在把看不见的担子放过来，"你们也老大不小了，不能光想着自己，可以考虑要个孩子啦，那会让你们更加成熟起来，更加懂得人类生命的奥妙。"

"您放心吧！"我的表态像士兵面对长官的训话，面部表情有点用力过猛，在一边的管苧笑了起来，打趣道："爸，你应该回复他：小曹同志辛苦了！"

"别贫嘴！我们都是认真的。"没想到岳父呵斥了她，"你们知道，我不是个保守的旧式家长，我让你们要孩子，并不是出自传宗接代的意思，而是要你们的生命更加完整。"

我当然理解他的意思，但我和管苧对此持有一种顺其自然的心态，我们讨论过多次，假如我们拥有了一个新生命，那我们必须为他真正负责。

岳父抬起手，也在管苧的肩膀上轻轻拍了拍，凝聚了无限的深情。管苧穿着白色的睡衣，因此我很清楚地看见岳父的手上有一片明显的老年斑，淡褐色，像是一滴墨迹。除却这个，他的手看上去很强健，不像是拿笔之人的手，更像是工人的手。那不是一种锻炼出来的健壮，而是一种经历了许多的沧桑。手的沧桑，似乎比脸的沧桑更能保存久远。

和岳父住在一起，的确不如二人世界那么自在，但是，随着我和岳父相处的时间越来越多，我和他的关系也越来越融洽。一开始，如果管苧不在家，我和他只是简单说几句话，然后就各读各的书，各干各的事。慢慢地，即便管苧不在，我们也可以聊很长时间。话题也变得愈加广泛，从学术、历史、政治到人生、家庭、趣事，沉重与轻松此起彼伏，让我学到了太多的东西。我也愈加能理解管苧对她父亲的崇敬之情。我经常反思自己究竟具备了什么样的德行，竟然遇见了这样的一对父女，让我的生命如生铁受到了锻打，本质中更纯粹的东西在被造就出来。

有一天晚上，只有我和岳父在家。我们吃着酱鸭脖，喝着啤酒，岳父告诉我，他曾经在炼钢厂当过工人。

我差点儿喊出声来："我老觉得你的手像工人的，看来我的直觉是对的。可是，我从没在你的简介中看到过这条。"

实际上，我们聊到这会儿的时候，已经喝了五六瓶啤酒。酒精让我放松，可以暂时像朋友那样对待他，否则，我在他面前还是会不自觉地感到拘束。毕竟，他是著名学者，还是我的岳父，这两个身份都给我压力。

岳父啃完一个鸭脖，用纸巾擦着手，两眼放光，看样子要跟我好好痛说一番革命家史了。

"那会儿我还小，'文革'末期，我当知青从乡下回城后，被安排到了市里的炼钢厂。我一边当工人，一边自学，考上了大学，离开了那儿。虽然只有几年时光，我却一直不能忘记。可以说，当工人的经历，影响了我一生的思想和立场。"

"是因为太艰苦了吗？让你刻骨铭心的艰苦？"

"你们这代年轻人才会觉得在工厂上班很艰苦，那个时候，在工厂上班是令人羡慕的工作，简直可以说是一种福利。最苦的，还是刚刚上山下乡那阵子，天不亮就被喊起来种水稻，昏头昏脑的时候，蚂蟥吸在小腿的肌肉里吸你的血，疼得你浑身发抖……"

"那为什么呢？是因为工人身份让你摆脱了艰苦？"我对此非常好奇，他的这种心态会不会是一代人的心态呢？我需要知道。

"这倒有点儿，优越感总是令人难忘，不是吗？但往深里说，这和我们的知识资源也关系密切。我下乡时，住在猪圈旁边的土坯房里，读过三遍《资本论》，真是如饥似渴。后来，当我在工厂上班的时候，我会想到马克思的许多话，觉得特别亲切，觉得那几年自己的日子没白过。我的许多中学同学，关于这种学以致用的感受，写了不少回忆性的文章，我就没有再写了。"

"原来如此，我能理解那种感受了。"我似乎能想象出那一代人的样子，他们就像是阿城的小说《棋王》里描写似的，经常行走在尘土飞扬的村道上，心中却惦记着拯救全世界，脑子里充满了各种高贵的思想。

"恐怕你还是不能。"岳父再次否定我，但我敏感地发现，他更是在否定自己，在和自己做一场艰难的对话。果不其然，他继续说："其实，我还没有把话说完。我必须诚实地和你聊天。我一直反思自己，反思自己的每一次思想转变,不仅是反思思想本身,还要反思思想产生的人生背景。再睿智的学者,也是有血有肉的生命,思想一定要和生命结合在一起,才能够被真正理解。我的意思是,我之所以难以忘怀工厂的生活,还有一个非常重要的原因,就是那时正是我风华正茂的青春,我爱上了一个同事,她不是管苓的妈妈,她是我的初恋。"

我的岳父竟然以这么严肃的方式,和我聊起他的初恋。这种感觉超出了我的经验,我觉得这个长辈太亲近了,便不顾他的凝重,笑着说:"爸,你赶紧跟我聊聊这个,趁着管苓不在家。"

"没什么故事,"他跟我碰杯,喝了口啤酒,嘴角沾了一点白色的泡沫,有了孩子气的纯真,"我没敢向她表白,只是安静地看着她的背影。她的身体在宽松的工人制服里,显得很瘦小,也很灵动。正因为这么纯洁,才让我难忘。我年轻的时候,还没结婚的时候,有好多次,我都梦见了那个背影。可到如今,记忆中只剩下背影了,她的脸已经模糊了。就算她现在站在我面前,我也认不出她来了。"

"时间真是可怕的东西。你没有向她表白,后不后悔?"我知道他不后悔,故意这么问,希望能激起他更多记忆的涟漪。

"怎么会！我经常庆幸我当年什么也没有做，没有去破坏那帧完美的背影。我要是个画家，我一定会把那背影创造成一幅伟大的艺术品。"他把一根鸭脖攥进手掌里，好像那是一根画笔。他停顿了一会儿，手掌放松了，说："我想告诉你的，其实是像这种美好的感情，也掺杂在我的思想立场当中，但这是无意识的，没办法辨析的。一个看上去再客观的学者，都有这样的一个幽深的生命区域，决定着他的终极判断。"

我以为他还有话要说，结果他深深地沉默了。他沉默在昏暗的夜里，像个穿越时间的古老雕塑。他说的话，我不敢再轻易说懂了，但这次，我更加感到了一种心底的震颤。就像我自己，假如我有什么立场和想法的话，不也受制于我的情感与记忆吗？可我从未去分析过自己，我只是跟随着自己的情感，做出理性的思考……这是多么荒诞的图景呀！我们的理性，如同流沙上的脚印，究竟能够抵达哪里呢？

"这些年来，大家的变化都很大，"岳父重新开口了，仿佛他灵魂出窍，去他的精神王国巡视了一圈，然后再度回到这里，"有些人已经让我认不出了，只有极少数的人，还和过去有着一脉相承的关系。"

"你说的这些人，都是些什么人呢？你的朋友、同事们?"我小心翼翼地问。

"是的,朋友、同事,更多的是指我青春时代的同学和朋友们,我们在艰苦的年代,在漆黑的夜晚,就像今天你我这样,促膝长谈,谈宇宙人生,谈世界洪流,最后不忘立下改天换地的雄心壮志。然后,几十年过去了,我们各自在岁月中打滚,变得面目全非。"

"任何一代人都会如此吧,像我也是,我小时候最向往的职业是解放军和科学家,今天的孩子们都不这么想了。"我尝试着和他对话。

"你说的自然是对的,可我总觉得我们这代人和你们还是很不一样的,这听起来像废话,因为没有哪两代人是一样的,我的意思是,我们这代人跟你们有本质的不同,我们这代人决定了这个国家的气质,影响也就格外深远,你们以及你们以后的人们,都生活在我们这代人造就的格局里。"

他的话,让我吃惊,我艰难地思索着他这话的意思,想着是该认同他,还是反驳他,可我,竟然失语了。我厌倦了非此即彼的选择了,我觉得历史与每代人的亲密关系应该是不一样的,我其实已经很少用"一代人"这样的思维去考虑问题了,我和朋友们几乎经常意见相左,最初我以为我自己是偏激的,但经过长期的观察,我发现在朋友之间也经常有意见相左的时候。我所说的意见相左,不是吃饭时喜欢辣还是咸这样的问题,而是关于时代和历史等本应有更多共识的话题,却很难取得太多的一致。明明是同样的事实,但大家的解读往往南辕北辙、不可调和,像是老百姓说的,鸡同鸭讲。

"小曹,你怎么想的,尽管说,你没必要同意我。"岳父的声音有些沙哑,把我从思绪中拽了回来。

"说真的,我很想不同意你,"我笑了笑,"但不得不说,历史的契机选择了你们这代人,的确是你们造就了今天的格局,但反过来说,这种历史的格局也造就了你们这代人。我现在特别想知道的是,你当初的理想实现了吗?"

"谢谢你的提醒,我们这代人的历史烙印的确太深了,因此在回望之际,有触目惊心的感觉。"他苦笑了一下,"你说理想?当然,当然,很大程度上实现了,但我对此并不确定,现实的强悍,远远超出了任何人的想象力。现实,庞大的现实,热气腾腾的像早餐的现实,冷冰冰的像电脑屏幕的现实……它们随时在纠正我,甚至把我掀翻在地……"他的抒情,让我惊讶,我马上意识到,他一定写过许多诗,在八十年代,几乎人人都是诗人。

"我们都被掀翻在地……"我喃喃自语道。

"原谅我突然发作的诗情，"他两眼看着我，眼神却逐渐有些黯淡，"我不怕这些，再凶悍的现实只要有正确的判断，对我来说都没问题。我的迷茫在于一些说不清的地方，比如，以前我们批判的痛恨的事物，在今天我竟然是不乏留恋的……我想，首先不是对时代失去了判断，而是对自己失去了判断。"

"爸，你别这样说……你这样说，我有些慌乱了，你要知道，你的文章影响了许多人，包括我，我一直相信你说的话。我说的'相信'，不是说我同意你的每句话、每个判断，而是说我相信你所持有的这种状态。你像是个钻探机，一直在矿层里发掘，我想到这个，便感到踏实。所以，你说对时代失去了判断都不会让我慌乱，但你说对自己失去了判断，确实会让我慌乱起来。"

我倒了一杯酒，跟他碰杯，想用喝酒的豪情冲淡此刻的悲情，但他跟我碰了碰，却没有喝，似乎突然忘记了喝酒这回事。

"可是，我从没把自己当钻探机，我偶尔觉得自己是堂吉诃德，但我没有堂吉诃德的信心和神勇。"他这才机械地举起酒杯，喝了口，上半身的姿势没有变化，像树根一样僵硬。我感觉他今天喝得有点多了。

"爸，要不咱们休息吧，好像时候不早了。"我站起身来。

"李文辉才是钻探机。"他突然没头没脑地说，这个名字再次出现，像一枚烧红的铁针，刺进了我的记忆。我差点儿喘不过气来，扑通，又坐下了下来。

"我曾经采访过李文辉的自杀事件，"我也坦白了，"有很长一段时间，他的事情让我无法释怀。"

"你去他家了？见到苏梅了？"岳父的情绪激动起来。

"苏梅是他太太吗？"

"是的，他太太。"

"我不确定，"我说，"实际上，那天晚上，我只是站在门口，一位上了年纪的女士告诉我，李文辉是因为抑郁症自杀的。"

"那应该就是苏梅，"他叹口气说，"因为文辉家没别人了。苏梅是个坚强的女人，文辉走后，她的日子不好过。他们当年要个孩子就好了。"

"李文辉是你最好的朋友？"我感到自己的嗓音也变得沙哑起来，仿佛那啤酒是海水，挥发后留下了粗粝的盐。

"在生活中，我们不一定是最好的朋友，但我们是精神上的挚友。我刚才说的那些依然坚定的人中，就有他，他是少数依然有自己独特想法的人。我和他有许多共同语言，我们的处境也比较相似。因此，我们交往并不算多，但总有惺惺相惜的感觉。我一直觉得他比我坚定，他还安慰过我，所以，无论如何，我都想不到他会选择这么惨烈的方式自戕。他太决绝了，我无法接受，他违背了生命第一的原则。我去他家里吊唁，一直在苏梅面前批评他，批评一个已经不在的人，批评一个不珍惜自己生命的人……"

我看到他端酒杯的手开始颤抖，他将杯子放在了桌面上，颤抖的手放在了膝盖上。但那颤抖并没有停下来，手指似乎获得了自己的生命，在痛苦地抽搐。

"爸，你没事吧？我有些担心你。这个话题并不适合谈论。"我走过去，坐在他身边，用手轻轻拍拍他的肩膀。

"文辉走了快四年了，我没有和任何人谈起过他，包括小苧，没想到今天和你越谈越远，竟然提起了他。唉，也好，我也需要和人聊聊他，不然总憋在我的心里，时间久了也怪难受的。"他双手捂住脸，使劲搓动了几下，想把悲伤给赶走。

"我当时特别想和他的太太苏梅好好聊聊，但她没给我这个机会。"

"以后看时机吧，我们一起去看看她。"他的声音已经沙哑得支离破碎了，"我好久没去看她了，说真的，我不大敢去。"

"爸，我有个秘密，跟任何人都没说起过，我现在特别想告诉你。"

听我这么说，岳父稍微平复了一下，抬头望着我。

"每年李文辉忌日的时候，我都会买一束鲜花，偷偷放在他家门口。我希望那位女士，也就是苏梅能够收到，并感到安慰。并不是所有的人都对李文辉的死无所谓，一个不相干的人也会记得他。"

我说完，陷入了一种痛苦之中。李文辉的自杀，对我有着特别强烈的冲击力，因为我不但读过他的文章，而且还采访过他，他的人格魅力让我十分难忘。他对待和善，对待我的问题的认真，都让我铭记在心。他曾让我对整个知识阶层抱有一种敬重和信赖，我以为我作为记者，将他和他同道的观念转变为媒体的话语传播开去，就可以对整个国家产生深远的影响。可谁知，他竟然以那么惨烈的方式结束了自己的生命，这让我几乎有整整一年几乎快患上了抑郁症。我不知道我还可以信赖什么，还可以传播什么。

"难得你这么有心，你当我的女婿，我没看错人。"岳父显然愣了一会儿，他没想到自己的女婿还有这样的想法和行为。他拍拍我的肩膀（比我刚才拍他有力得多，我感到了一股巨大的冲击力，不仅击中了我的身体，也击中了我的内心），"小曹，你让我对这个世界多了一丝希望。我想，我有责任再跟你聊聊文辉，尤其是文辉的遗书。你看过吗？"

"网上只是提到了，但我没有看到过。"

"文辉的遗书是用毛笔写的，欧体的小楷，字如刀刻，工工整整，说明文辉走的时候，早已深思熟虑，而不是一时冲动。他心平气和地面对死亡这件事，而且，他没有忘记文化的尊严。遗书并不长，大致说，他是山里长大的孩子，因此他愿意让自己的生命重新回归大山。此外，便是一些个人的事务说明，是交代苏梅去处理的，他反复向苏梅道歉，希望苏梅代替自己，好好活下去。这封绝笔信的末尾，只有两句话。正是这两句话，像子弹那样击中了我，我手抖的毛病就是那时开始的。"

他喘着气，倒满两杯酒，"干杯！"我们全部饮下。他坐在那里，双手撑在膝盖上，低下沉重的头颅。他像是登山的旅人，要好好休息一会儿，才能抵达最后的峰顶。

我静静等待着。

他直起身子，望着我，仿佛那些准备说出的话已经给了他力量。他清清嗓子，提高声调，说："第一句话是：孩子害怕黑暗，情有可原，人生真正的悲剧，是成人害怕光明。第二句话是：死亡是花，只开一次，它就这样绽放，像我一样。"

这两句话像是两束强光，让我内心的双眼短暂失明，只剩下一片白茫茫的虚无。

"第一句话，是柏拉图说的。第二句话，我不知道，我想，那是文辉自己的话。像诗一样美的话，美得残酷。"岳父的声音哽咽了，他大口喝着酒，然后弓下腰发出了剧烈的咳嗽，他的样子让我不忍直视。

"这两句话，我恐怕也永远忘不了了。"我小声说。

我早已习惯了自己卑琐的生活，倘不是认识了管莳，我永远可以区分话语和生活。我的意思是，我作为文化记者，部分地写出我的精神理想，而我的生活，并不一定要去践行那笔下提及的一切。这并不羞耻，我觉得，甚至都不能将这称为分裂，我做我可以做到的事情，我过我只能过着的生活，没有什么人可以嘲笑我。因为，我是卑琐的，这一切都是基于我是卑琐的，我能够超越自身吗？曾经，在人生的低谷，没有恋人，没有朋友，总是隔膜的家人，我蜷缩在斗室的被窝，咬着牙哭泣，并在哭过之后觉得自己的悲情是可笑的。我有悲情的资格吗？我能在湍急的水流中越过礁石，平安地抵达下一个码头吗？我身上究竟出了什么问题，我为什么要去为了别人的痛苦而痛苦，进而漠视自己的痛苦？的确，在别人看来我的痛苦就是我的怯懦，但我真的怯懦吗？让我不安的、躁动的、渴望的，不正是一种莫名的勇气吗？

这一切，现在都已改变。

我进入了这样的家庭，遇见了这样的人，他们所遭遇的旋涡比我更深更强大。尤其是我的岳父，他所经历的历史使他不能像我这样选择虚无，他必须确信一些什么，他必须一刻不停地和虚无做斗争，他必须把自己献祭在看不见的高处并肩负起看不见的重负。这些都让我敬重，却也让我恐慌。就像是有一股说不清的力量要把我从卑琐的地牢里给拽出来，但我在渴望自由的同时，的确害怕光明。我早先心底的残存勇气根本不值一提。和岳父的谈话，让我意识到自己的可笑，因为我就是李文辉遗言中嘲笑的人，我是成年人，但我害怕光明，并且，我从不以这种害怕为耻。我是个悲剧，但我也只能用悲剧这个词去描述李文辉，我觉得他的悲剧胜过我的悲剧。我的岳父不是悲剧，他有力量，我曾经渴望那样的力量，但现在近距离地观察，我也发现了那种力量的虚弱与疲惫，我无法具备那样的力量，因为我无法承受虚弱和疲惫。

和岳父那晚的谈话，让我好些天无法安宁，许多思绪折磨着我。我原本打算遵从岳父和我的协议，和任何人都不提起那晚的聊天，但我终究还是没忍住。

有一天晚上我和管苧上床准备睡觉了，我们聊了几句，不知怎么谈到了父辈与我们的关系，我便跟她讲了那晚的聊天。

太多的话语在我的记忆里纠缠，我的描述一定是支离破碎的，而且我刻意绕过了李文辉的部分，我没有提李文辉一个字，那会牵扯出太多的疼痛，我不想让她再度受罪。她听得很认真，在昏黄的夜灯照亮下，她的脸上很平静。以她对自己父亲的了解，她应该能猜到她父亲大致的想法。即便她父亲对他自身有许多批评之词，那也是她能够理解和接受的。直到我提到他父亲在青春期曾经爱过一个女人，并且隐秘影响了他的思想和立场，她才略微惊讶了点儿。

她坐起身来，说："这件事，他从来没跟我说过。"

"一个男人在自己的女儿面前，说年轻时的感情，肯定会非常尴尬的。等我们以后有了孩子，我也不会在孩子面前讲这些的。"

"你的意思是，你有太多感情经历瞒着我啦？"管苧笑着向我扑过来,把我紧紧压在枕头上。

"我就不告诉你。"我笑道。

"懒得管你了,"她说,"不过,听你这么说,我还是对我爸有了一些新的认识。我没想到他对自己要求这么苛刻,把自己逼得这么紧。其实,他只要稍微想开一些,以他的知名度,就可以活得非常舒服的。你看咱们的主编,不就过得很好吗?家里住着别墅,开着好车,在世界各地旅游……"

"如果咱爸能这样'想开',你还会这么崇拜他吗?"

"嗯……那很可能不会像今天这么崇拜,"她伏在我身边说,"但他是我父亲,我不希望他过得这么累、这么疲惫,我希望他是快乐的。"

"他有个巨大的灵魂,如果他随随便便地就屈从了外界的无论什么力量,那他注定是不会快乐的。"

"你说得对。"

我扭过头,看着她漂亮的眼睛,发觉自己最牵挂的还是她。因为岳父是她从小的守护者,可如今,岳父已经老了,疲惫了,虚弱了,她觉察到了吗?她能接受这个现实吗?不,说实话,连我也接受不了这个现实,我也很虚弱,我也非常需要一个守护者。我希望岳父的情绪能早日调整过来,重新给我们力量。

可正如岳父说的,现实的确凶猛,当我以为我与世无争,只是简简单单、踏踏实实地做好记者就足够的时候,我和管苧一同供职的《文化周报》停刊了。这次停刊的原因,众说纷纭,有说是机制改革的,有说是尺度过大闯祸的,莫衷一是;同时,高层的领导又是讳莫如深的样子,不容我们置喙。据广告部的同行说,别的情况不了解,只知道今年以来,广告的赞助额跌了一半。"能飞的赶紧飞吧,留在这里只能等死了。"他的眼镜蒙着一层雾气,看不清他的眼神,不知道他将要"飞"去哪里。

我好几个前同事给我打电话了,他们告诉我已经听到这个消息了,让我需要帮忙的话随时说,现在许多网站都需要媒体人,像我这样经验丰富的老记者,根本不用发愁的。我感谢他们的好意,用平静的语气告诉他们,我想安静一段时间,好好休息一下。

但我并不平静。我介意他们都没有好好安慰我一两句,我介意他们的语气甚至是兴高采烈的,仿佛早就预见了今天。假如我表现出一丝悲凉,他们肯定会更加庆幸自己的提早上岸。他们的确都是深谋远虑的人,但不能就此证明我是短见和愚蠢的。我可以理解他们的心态,但他们无法理解我的心态。我相信,我的能力远远高过他们,我随时都可以变成一个"深谋远虑"的人,只是我不愿意罢了。如果他们觉得这些话是我在自我安慰,那就当作是一种自我安慰好了。

管苧的状态比我想象的要好,我以为她会非常伤心难过,因为她对这份报纸实在是投入了太多的心血。她笑着对我说:"没事,只是比我预料的要快。"她的笑容很美丽,也很诡异。"是的,有好多网站抢着要我呢,你也得到了好多机会吧?"我跟她开玩笑,当然也是一种试探。"何止有网站抢我,电视台都来抢我了!"她把秀发一甩,抛出一个媚眼,做出明星的姿势。

"我看行,你直接去拍电影吧!"

"你当导演吗?"

"可以考虑!"

这件事被这样轻松调侃之后,我放松了,我告诉管苧,我们还有不少积蓄,不必急着出去找工作,可以好好在家休整一段时间。她的意思是看情况再决定,毕竟现在刚刚放出风来,又没有尘埃落定,坚持不走的员工还会有机会整合到其他部门去。

"你居然还想留下来?"我都觉得不可思议了,"这个烂摊子可能会被整合到其他你并不喜欢的媒体里去,甚至让你做行政人员，你愿意吗？"

"我不是那个意思，"管苧用银河系似的眼神看着我，"我就是不想这么快离开这里，这里的一切如果立刻就和我没有关系了，我是接受不了的。我是想把事情经历完，看看究竟会到哪种程度……你明白我的心情吗？"

"明白，"我点点头，"那我陪你好了，其实，我也有你那种心情。"

她走过来，靠在我的肩上，我抱住她。此时，我们就在办公室里边，我们第一次在办公室里拥抱，而除了我们早已空无一人。我紧紧抱住她，害怕她跟我也走散了。

"以后，我们再也不能一起上班和工作了。"她还是忍不住哭了起来。

"你是个好编辑，我这个老记者遇见你，很荣幸。"我把头埋进她的头发里，闻着她的气息，记起第一次和她单独在办公室吃外卖的场景，眼眶不由得也湿润了。

"我们在这儿一起吃顿外卖吧，算是一种告别。"她哽咽着说。

"好。"我拭去她的泪水。

管苧不但记得那次我们叫餐的餐馆，还记得我们吃过的菜：一份宫保鸡丁，一份麻婆豆腐，还有一份金针菇肥牛汤。我们还把椅子和桌子也摆成当年的样子,我们的行为像是巫师所做的,希望召回早已逝去的时光。

菜的味道依旧,人的心情已经不同。我们慢慢吃着,看着窗外的风景,那是一条城市的大动脉,宽至十六车道,挺壮阔的,尤其是黄昏时塞车的时候,车的尾灯构成了一道漫长的红色光带。来这里工作那么多年,眼看着一天比一天塞车,人们也变得越来越焦虑。人们究竟在这儿寻求着什么?我扭过头,看到管苧安静的样子,恍然间真的回到了过去。她的美还是那么摄人心魄,但比起当初,我已经可以坦然面对她灼人的光芒,因为,我已经习惯了她的美。我们终究会习惯任何事物,哪怕是美。我回忆着自己当时的心情,那时的自卑与忐忑,我都记得。现在,我回想那样的心情,让我深觉自己的幸福。比起爱情来,别的事物都不那么重要。报纸停刊,人员失业,都不能与失去爱人的痛苦相比。只要管苧在我身边,我感到自己能面对一切。

"你想什么呢?"管苧终于开口问我。

"我在想一句戏词。"

"说说。"

"情不知所起,一往而深,生者可以死,死可以生。"

"《牡丹亭》?"

"正是。"

"我哪天唱给你听。"

"你会唱昆曲？从没听你说过。"

"你不知道的还多着呢。"

"我相信。"

她沉默了一会儿，放下筷子，对我郑重其事地说："老曹，谢谢。"

我们利用下午的时间整理了办公室的私人物品，毕竟这么多年了，零零碎碎的东西还是够折腾一阵的。在整理的过程中，我还不小心看到了某位男同事以前写给管艼的情书，她红了脸，我们笑了起来。在萧瑟凌乱的办公室出现笑声，显得格外动听。过了一会儿，有个保安上来巡视，站在门口疑惑地看了我们一眼，然后默默走开了。他看上去也一副疲惫的样子，都懒得开口问我们一些问题了。

"好安静啊。"管艼把自己的箱子粘好胶带，直起腰来，环视着四周。

"是呀，大家都去哪儿了？动作也太快了。"我也粘好了自己的箱子，好重的箱子，像是这段岁月的重量。

"去哪儿了？都回家了呗。"她拍拍箱子，"我们也回家！"

"回家！"

我们从网上约了一辆车，在报社楼下等。然后我们累得满身是汗，才将箱子挪进电梯，再抬进车的后备厢。在回去的路上，管苧靠在我身上睡着了。她太累了。我看着她的样子，很心疼。前路漫漫，不知以后会怎样，我大不了就去给网站写稿子，应该也没什么大的不同吧？可管苧愿不愿意去网站当编辑呢？或者，她可以开始一份新的工作？我脑子里全是复杂的思绪，直到快到家了，我才感到昏昏欲睡。

这位司机是个热心人，下车的时候，他帮我们一起抬箱子，不只抬下车，还帮着一直抬到了家门口。期间，他只说了一句话："你们《文化周报》，其实我经常看的。"这句话足以让此刻的我们深受感动，当然，还有一丝欣慰。

岳父不在家，可能又去参加什么会议了。

他主编的那份理论刊物是双月刊，工作节奏比较缓慢，他只需每周一去单位处理事务，平时，他都喜欢待在家里的书房，思考和写作。这听起来似乎很美好，但这只是理想状态。现实情况是，会议占据了他太多的时间，他是知名学者、社会名流，还是有级别的领导，许多会议都需要他参加，还有更多的会议是他不得不参加的，因此，他有时要奔波辗转在几个会场之间。我都替他感到累。管苧也常常对他说:"爸,很多可去可不去的会,你就推了吧。"岳父苦笑着说:"你认为我不懂拒绝吗?我这已经是极力拒绝后的状况,否则,我几乎一年有三百六十天在外边开会了,你就见不着我这个父亲了。"我们知道,他说的是实际情况。在我看来,开会还不是最累人的,最累人的是,他忙了一天回家后,还要读书和写文章,天天如此,一天都不肯虚度。他曾经跟我说过,他的许多同学当了领导之后,有了虚荣心,又有了忙碌的借口,便不再读书和思考,最终,他们变得非常庸俗,成了他们年轻时痛恶的那类人。他一直警惕自己,永远也不要成为那样的人。

我记得有一天晚上,我起来上卫生间,看到他还没睡,便倒了一杯热水端给他。他坐在书房的桌前,说了声谢谢,摘下眼镜,揉着太阳穴,完全是疲惫不堪了。

"爸,看你好累了,快去休息吧。"

"小曹,你知道我为什么每天都要读书读到这么晚还不去睡?"

"是因为白天太忙了,没时间读书?"

"不完全是,"他戴上眼镜,看着我,眼神恢复了光泽,"我是为了修复自我。"

"是的,对你来说,如果停止了阅读,那就是思想板结了。"

"还有比板结更可怕的事情,"岳父说,"那就是遗忘。天天开会发言,都是差不多的话,说得多了,会让你一开口就是那样的话,而遗忘了独独属于自己的声音。这是最可怕的事情,尤其对于一个学者来说。因此,我每天晚上所做的,首先是一种疗愈,在此基础上,才能去做进一步的思考。"

"我明白了,"我说,"就像我也时常面临这样的情况,新闻也有很多套话,假如一个记者偷懒的话,用那样的模式可以闭着眼睛写一大堆。这也是为什么'新闻机器人'已经出现了。"

"真的吗?"

"真的,一般的简单新闻,已经完全没问题了。"

"所以你要证明你作为一个记者的价值,就必须选择独特的素材和视角。"

"我想,以后记者不再是报道者了,而是分析者了。"

"你能这样想非常好,你要有这个心理准备。"岳父喝了一口水,叹口气,"我已经老了,我不可能再更换自己的文化身份和立场了。"

"你千万不要更换,现在话语的泡沫太多,太缺你这种有价值的论述。"

"你的意思是,还要我这把老骨头撑住?"岳父笑道。

"当然,你一定要撑住。"我也笑了。

"尽力吧。"岳父真诚地对我说,"小曹,你也要监督我,看我是不是有庸俗的迹象。人是最难看清自己的,我需要你做我的一面镜子。"

"爸,我不担心你变得庸俗,我也不担心你的精神能不能撑住,我担心的是,你的身体能否撑得住。"

"这个你真的不需要担心,我身体好得很。"他笑了起来,挽起袖子给我看肱二头肌,"看,多硬!我每周一办完公,就去健身和游泳。"

"你再看看这个。"他从一沓资料里,翻出两页纸,递给我。

我拿到手里,发现那是一份体检表,我翻看了一下,他的身体指标基本都正常,除了血压有点儿偏高之外。在他这个年龄,有这样的身体状况,还是不错的。

"放心了吧。"他笑了起来,有点儿得意,像个少年。

有了这样铁的证据,我的确放心了许多。我还跟管苧汇报了这个好消息,管苧说她早就看到了,她对她老爹的身体还是很放心的。

她说:"你想啊,他上过山,下过乡,还在工厂当过工人,那些经历都会强健他的体质,反而是我们,天天坐在办公室里,弱不禁风,不堪一击。"

"弱不禁风,那是你吧?"我故意反驳她。但我知道,她说的是对的,在我的记忆中,唯一有过严酷锻炼的日子,也就是刚刚考上大学时的军训。虽然仅有一个月,可我忘不了一个月之后,镜子里的自己满脸黝黑,很健壮的样子。那个样子,让我对自己充满了希望和信心,我觉得只要自己想,就可以干好任何事情。而如今的自己,虽然还不能说很胖,但是肚子上已经全是赘肉了,爬楼梯最多到三楼就开始喘了。所以,我已经不相信自己还能做很多事情了,我觉得一个人只要能做好一件事情就已足够……

管苧指挥我把箱子放好后,拍拍巴掌,说:"今天,咱俩做饭吧,给咱爸一个惊喜。"

"行啊,你指挥我,我当你的下手,"我说,"我也顺便学几招。"

"那咱来点儿复杂的,做个水煮鱼好不好?"她说出了自己的喜好。

"好高的难度!"

"我也没试过，反正从今天起，我们闲得不得了，来吧！"

我们又一起下楼，去菜市场挑选鲈鱼，以及其他的配料。我想起第一次登门拜访时，岳父曾对我说的，没有比做饭更深入生活的了。我嗅着刺鼻的鱼腥味，看着忙碌的鱼贩子，还有精选细选的食客们，觉得他说得太对了。看看这些人，就像看到了人类的缩影，这里的一切，既让人绝望，也给人希望。

再次回到家，我们俩钻进厨房开始忙碌。我们差不多花了一个小时，才把鱼切成片，放进鸡蛋清里腌起来。然后，调制各种配料，差不多又花了半个小时。好在我们一边弄，一边聊，倒也充满了情趣，并不觉得特别累。等到做好饭菜的时候，已经六点半了。

"爸怎么还没回来？"管芧问我。

"不知道啊，要不你打电话给他问问情况，"我说，"会不会又有人请他吃饭，他不回来了？"

"好吧，他要是不回来，咱俩的成功感可要减半了。"管芧指着那盆水煮鱼笑说。

"所以你叫他回来吧，就说专门给他做饭了。"

管芧洗完手，到客厅茶几上拿起手机，拨通了电话。这时，我突然听见有手机铃声响起，我思忖，谁打来的，这么巧。我刚打算跑去找我的电话，却一眼就看见我的电话放在沙发上，很安静，而那声音分明是从书房传出来的。

"他今天忘带手机了吗？！"管苧喊道。

我们走进书房，果然是岳父的手机在响，还在震动，让书桌发出嗡嗡声。管苧拿起那手机，确认来电显示的就是她的号码，她挂了电话，铃声消失了，忽然很安静。

"他还有别的手机吗？"我问。

"没有，他就这一个号码。"管苧认真回想着，说，"曾经，我倒是劝他用过一阵子双卡手机，但后来他总是忘了给另外一个不常用的卡充值，就被停用了，他也懒得再去续费重新开通，因此，他就只有这一个电话号码。"

"那就真的是忘带手机了，我也遇到过这种事情。"我安慰她。

"这下怎么联系他啊，现代人真是一刻也离不开手机，真不知道在古代人和人之间是怎么联系的。"她发了些感慨。

"那你是优越惯了，小时候家里就有电话吧？"

"是啊，怎么了？"

"我上初中以后，家里才装了电话，之前完全是前现代的状况。"

"那你们怎么联系?"她真的对此感到好奇。

"靠走路,靠嗓子。"

"吹牛!"她笑出声了。

"真的,周末想去找同学玩了,自己要走很远的路,然后站在同学家门口,喊同学的名字,假如同学在,就会跑出来搭理你,不在的话,要么同学的家人回应一声,要么压根没什么回应,你就只能灰溜溜地再自己走回家去。"

"被你说的好像有魏晋风度似的。"

"真是那样的。"

"那如果不在一个地区怎么办?总不能坐大巴去,找不到人,再坐大巴回家吧?"她眨眨眼睛,似乎想到了一个可以问倒我的问题。

"可以写信约时间啊,紧急情况就发电报,更加紧急的情况,就得去邮局打公用电话了,反正,总有办法的。"

"你看,你们那儿不是有电话吗?你还兜了那么一大圈。"她忍着笑。

"你就是要故意这么说是吧?"我揭穿她,"你嫉妒我丰富多彩的童年。"

"唉,真不知道我爸上山下乡那会儿是怎么联系人的。"她无视我的挑衅,思绪突然飘得好远。

"村里反而方便,有喇叭。"我暗笑。

"那是村支书专用吧。"

"你爸是知青,也可以用……"

我们插科打诨胡乱聊了一会儿,管苧建议我们再等等,我表示同意。为了消磨时间,我去打开电视,发现《新闻联播》都开始了,平时这个点儿,我们饭都吃一半了。岳父那个年代的人,只要有时间,都会看看《新闻联播》的,这个习惯,他和我父亲如出一辙。我和管苧坐在沙发上,一起看完了《新闻联播》,等到《焦点访谈》都开始了,岳父还没有回来。

"要不咱们先吃吧,"管苧说,"好饿了。"

"好的,看这样子,他老人家肯定是开完会,被请吃饭了。"

我们两个人把饭菜热了热,开始吃。味道还不错,但岳父没回家,成功感的确大打折扣。我们一开始还赞美着鱼片的滑嫩,后面就不说话了,气氛逐渐变得有些压抑。我看到管苧偶尔会向书房投去一道迷茫的目光。

吃完饭,我们一起收拾残局。我负责洗碗,管苧负责擦桌子。我们专门给岳父留出了一半的水煮鱼,管苧小心地给盘子蒙上保鲜膜，放进了冰箱。

可是，岳父直到晚上十一点还没有回来。

我们觉得情况非常蹊跷，很不对劲。即便他忘记了带电话，他还是可以借朋友的电话打给我们说一声呀，这么晚了，他不可能不知道我们会担心他。我们拿过岳父的手机，希望能找出些线索。如果不是这么着急，我们也不好意思翻看他的手机。

打开手机的未接来电，白天的时候还有六七个，最早的一个是上午九点打来的（显示连续打了两次），证明那会儿岳父已经出门了。我让管荶想想，岳父昨晚有什么异样，她想了许久，也想不出来。

"今早我们是八点半出门的，"她说，"那会儿他才起来，一般他起得比我们早多了，我想着他太累了，多睡一会儿也好。"

"你这么一说，我想起来了，"我拍拍脑袋，"他今早是有些反常，他起床后，也没理我们就去卫生间了，直到我们走，他也没出来。我们出门时跟他打招呼，他就在卫生间里回应了一声，也没说什么。最近事情太多了，我当时也没多想，现在觉得他应的那声，特别有气无力，还以为是刚起床的缘故呢。"

我们赶紧到了卫生间,希望能发现一点儿蛛丝马迹。但那里什么都没有。管荢咬着嘴唇,无助地看着我。

"别着急,也许是和朋友喝醉了呢?"我牵过她的手,捏了捏,是冰凉的,"我们现在只能打电话给他的同事和朋友问问了。"

"嗯,我觉得先把今天的这些未接来电打一遍,看看他们后来有没有找到我爸。"

"好主意!"

管荢拿着她父亲的电话,准备直接回拨,我还是让她拿自己的电话拨,以免对方以为来电的是岳父,还要解释半天。她点点头,拿出自己的手机,一个个拨过去。这个过程是很艰难的,分寸要恰到好处,不能过于焦急,以防对方反应过大。我看到管荢的额头和鬓角上,有细密的汗珠沁了出来。

那些电话,都说不知道,都说他们还急着找管主编呢。他们对管主编今晚还没回家的事情,语气很关心,但实际上比较平和,毕竟这会儿还没到零点呢。其中有个电话说:"今天早上有个会议,管主编都没来参加,早就通知他的了。还有些他的会议纪念品放在我这儿,到时他回来了,麻烦你跟他说一声。"

挂断电话，管苧"哇"的一声哭喊了出来。我从没见过她这个样子，她从来都是优雅得体的，而此刻，她的紧张、胆怯和哭喊，完全像个找不到爸爸的小女孩。我赶紧抱住她，她紧紧伏在我肩上，声音颤抖地说："我预感到出事了，我们赶紧报警吧！"

我赶紧拨打了110，将情况说了一遍，对方说："是有些奇怪，但毕竟时间还太短，这样吧，你们先把失踪人的身份信息发给我，我们先上传到警务平台上，有什么情况我们会第一次时间通知你们。如果明天早上他还没回家，请你们来警察局报案。"

"去书房找找，看看有没有什么字条留下来。"我也越来越感到了事情的严重性，脑海里思索着找到他的办法。

我们几乎将书房的每一个角落、每一本书都翻了，结果一无所获。就连垃圾篓里的废纸，我们也逐一检查过，没有什么信息。

我赶紧安慰管苧说："起码我们能肯定，他自己没有什么不好的想法，如果有的话，他一定会写下些什么给我们的。"

"那不是更危险了吗？"管苧又哭了起来，"难道他出门遭遇了什么不测？"

"别乱想了,我想应该不会的,他大白天出去的,能有什么不测?"

"会不会是走到路上,突然脑出血,昏倒在地,然后被人送去医院了?他又忘了带手机,所以别人联系不到我们。"

"别多想了,也许事情本身很简单,他就是喝醉了,明天早上就回来了。我们现在所能做的,只有等待,只有几个小时了,很快就过去了,然后警察就会帮我们了。"

我抱着她,抚摸着她的头发,希望她能冷静下来。但我的内心感到了一种刺骨的恐惧,我不知道接下来究竟会经历些什么,我逼着自己也不要去多想。

我们躺在床上,衣服也没脱,管苧紧紧抱着我。我看到她的眼睛望着天花板的某处,全是惊恐。我起身把灯关了,她吓了一跳,我转过身搂着她,让她不要怕,闭上眼睛赶紧休息一会儿。我们都太累了,但实际上是睡不着的,一直是半梦半醒的状态。

恍惚中,我又看见了那座亭子,一片虚无的白色中的小亭子。这次不是我一个人,岳父坐在那里,招呼我过去聊天。有了他的存在,这次我一点儿都不害怕。我走了过去,很高兴找到他了,原来他是一个人在这儿呀。我要和他坐在那里,好好聊聊。虽然周围全都是白色,但坐在亭子中间的感觉肯定还是很不同的吧。我这么想着,便走进了亭子,但是岳父却不见了,只剩下我一个人站在亭子中央。我喊了几声"爸",没人应我。我还喊了几声"岳父大人""管伯父"什么的,也没有人理我。我这会儿才发现,亭子里边连个坐的地方也没有可刚才岳父明明是坐在那儿的。我站在亭子的中心,前后左右都看了一遍,没有发现什么不同,反而失去了方向感。我的脑袋开始眩晕,我想逃离这儿,却忽然起风了,风经过亭子的飞檐时,发出了骇人的呼啸声。我走到亭子边缘,地面也全是虚无的白色,我似乎悬浮在空中一般,我不知道踩下去会不会坠落,但我不想被困在这里,我一秒都不想待在这儿了,这里已经开始让我毛骨悚然。我心一横,闭上眼,一步走出了亭子。果然,我感到了猛烈的下坠,没有尽头……我大喊一声,惊醒了过来。

微光中我看到管苇正紧张地盯着我看,我揉揉眼睛,问她:"几点了?"

"五点三十八分。"她脱口而出。

"你都没看。"

"我几秒前刚看。"

"你没睡会儿?"

"睡了，被你吓醒了。"

"刚才？"我感到脑仁生疼，"我做噩梦了。"

"他还没回来。"她说。

她对我的噩梦毫无兴趣。况且，那是个糟糕的梦，我也不敢跟她说。亭子的意象，已经第二次出现了，究竟预示着什么呢？假如我的梦曾经预见了和管苧的亲吻，那么，这次还会带给我什么预示吗？

"我一睁眼看见你，就知道了。"我挣扎着翻身起床了，我一边穿衣服，一边说，"咱们洗漱准备一下，带上跟咱爸相关的东西，直接去警察局吧。"我说这番话的时候，一点儿也不敢看她。

早上七点，我和管苧已经来到了警察局，还没有正式上班，值班民警接待了我们。我们把来龙去脉说了一遍，他问清楚我们跟失踪者的关系，开始做笔录。我们带了岳父的手机，还有许多生活照，就连体检表也拿来了，上面有身体的各种情况。等到笔录做得差不多了，警察局也正常上班了，警察又带管苧去抽血，保留直系亲属的血样和DNA，到时拿去系统中比对。然后，两位警官跟我们回到家里，又搜索了一遍，没有什么发现。他们接下来动身去岳父的单位。我们也想同行，却被劝止："你们太累了，好好休息一会儿吧！

再仔细想想，如果有什么线索，请及时给我们打电话。"

只剩下我们站在房间里，我从未感到过如此的无助。

"我们绝不能坐在这儿空等！"管荸两眼血红，咬着牙，紧握着瘦弱的拳头，像头愤怒的母兽。她的悲伤，已经成了悲愤。

"你要不要挨个儿给你们家的亲戚打电话？也许有线索。"我的提议像是一根风中的稻草。

"暂时先不用，那些亲戚警察都会一一去调查的，"她深吸一口气，"我们现在需要去想一些容易被我们忽略的线索。"

一阵可怕的沉默，我们已经绞尽脑汁了，但必须再一次进入记忆的深处。

"我昨晚有个梦，跟咱爸有关。"我想起那个梦，觉得此刻可以说了。

"梦？"她动都没动，"什么梦？"

"我梦见咱爸在一个亭子里，那个亭子，我之前就梦见过一次。"

"你怎么不早说！"

"我怕吓到你，那个亭子的周围白茫茫的，什么也没有。"

"大致是什么样子？你快说说！"在此绝境下，她一反常态，对我的梦深究起来。

我试着描述了一番，还拿过笔来，画了一个草图。

"我觉得有点眼熟，"管芋紧张地攥紧我的手，"好像，好像……就是咱们小区里的那个亭子呀！"

我二话不说，拉着她就往外跑。小区有一个中心花园，里面有个小湖，沿着湖边拐进一片小树林，尽头有座假山，那个亭子就矗立在假山边上。我们疯了似的向那里跑去，一些锻炼回来穿着功夫装提着宝剑的老人家急忙向路边避让。现在顾不了这么多了，我用尽全力拉着管芋，跑得飞快，几乎喘不上气了，仿佛我们迟一小会儿，岳父就离开那儿了（就像梦中一样）。终于，我们遥遥看见了树林后的那座小亭子（我和管芋晚上散步来过好几次的，我之前居然没想到它）。等到迅速掠过这些树木之后，我站定在原地，像生平第一次看见那座亭子那样看清了它。

它的确非常像我梦中的亭子。

亭子的结构简单，可以说，全世界的亭子都有些类似，但是，这座亭子的飞檐，还有柱子的根数和颜色，跟梦中是一样的。

我走进亭子，站在中央，向四周开始搜寻，那个梦境的记忆让我深感恐惧。管芋穿过亭子，走向了假山，她研究着那些石头，仿佛她父亲能藏进那些缝隙里。这时，我注意到不远处有一位穿着白色运动服的老人，一边打太极拳，一边观察着我们。我的注意力刚才全在亭子上，以至于忽略了他。我意识到，我需要立刻问问他。

"小伙子，你们找什么呢？"在我快步走向他的途中，他先开口了。

"找人！"我掏出岳父的照片，"您见过他吗？"

"这不是管老师吗？"

"啊？太好了！您认识他！"

"我是天天在这儿锻炼，他是有时间就会来这儿锻炼，"老人说，"我知道他是文化名人，还经常请教他一些问题，从历史、经济、股票，到孩子上学，我都问过他。"

"他是我岳父，他从昨天起就没回家！"

"不可能！我昨天还见到他了！"老人的身体原本还沉浸在太极柔缓的节奏中，听我一说，遽然绷紧了。

"您昨天在哪儿遇见他的？"

"就在那儿！"老人指指亭子，"他就坐在亭子里，我还跟他说了几句话，等我打完拳，他还坐在那儿，我跟他说，管老师您别老坐着，要起来锻炼。他说他昨晚没睡好，早上来这里呼吸下新鲜空气。"

"还说了些什么？麻烦您好好想想，这对找到他很重要。"

老人急了，说："就这些话呀！我跟他说我走了，还得给孙子买牛奶去。他说，您老慢走，好好享受天伦之乐。我说谢谢。就这些了，没别的了！我当时还想，文化人说话就是不一样。"

"大爷，一直到您回家，他都坐在亭子里，没起身？"管芋听见说话声，一路跑过来，喘着气问道。

"是呀，他坐在那儿，看上去很舒服，很享受的，没看出什么异样来。"

我想起梦中的岳父，就是那样坐在亭子的椅子上，而当我走进去，那椅子就没有了，成了空荡荡的门洞。

"大爷，谢谢您，"我掏出手机，"您能帮帮我们吗？我现在叫警察过来，您也协助他们调查一下。"

"好啊，应该的，管老师这么重要的人，怎么会失踪了呢？"老人摇着头，仰面朝天，长长叹了一口气。

很快，那两名警官赶来了，从他们的神情上就知道，他们去岳父的杂志社是一无所获的。果然，他们简单提了提岳父同事们的说法，然后重点问询起了这边的情况。他们认为老人的线索非常重要，立刻打电话调来了警犬。

这头凶悍的特种警犬，站起来估计比我矮不了多少，脊背是黑色的，腹部呈褐黄色，当它在我身上嗅的时候，我感到了本能的害怕。

一名警察牵着警犬，在这周围仔细巡视着。我们目不转睛地盯着他们。他们一会儿走进亭子，一会儿走到湖边，一会儿又穿过树林，我们跟在他们身后，来到了小区路上。我看到警犬也迷茫了起来，时左时右，失去了目标。

"至少能确定他在这一带的活动轨迹。"警察说。

警察用手指勾勒着想象中的路线，显然，那路线包括湖边。想起王国维的自沉，我的心直往下坠，我走到湖边，仔细看着水面。管苧明白了我的意思，走过来双手抓着我的胳膊，浑身战栗了起来。

小区的管理人员都被叫来了，警察跟他们研究起来，如何在湖水里搜寻更快捷，是乘船摸排，还是干脆把水抽干……

管苧面如死灰，仿佛已经确定她父亲就在这湖底。我搀扶着她，感到她有些站立不稳了，赶紧陪她走进亭子，坐下来。附近只有这里可以坐坐。我坐在亭子的椅子上，想象着昨天上午岳父坐在这里时的情形，他究竟在想些什么呢？他是那么豁达的一个人，那么健康的一个人，那么有思想深度的一个人，怎么会突然消失了呢？他只是有些疲惫罢了。那样的疲惫，对我这样的凡夫俗子来说也许是不堪重负的，但对他来说，那真的不算什么。难道就像他说的，他对自己产生了怀疑？可这样的怀疑，只是一个针尖而已，并不足以颠覆他整个坚固的思想王国，难道真的是千里之堤毁于蚁穴？

警察跟管理人员还在讨论着，看情形，把湖水抽干的意见占了上风。但我听见一位管理人员说，这些水要抽干，得等到明天去了。管苧也听见了，她现在已经不会哭了，只是嗓子眼里发出压抑着的咯吱声，类似筋肉在摩擦，我不忍耳闻。

我站起身来，把头顶在柱子上，感到整个世界在旋转，我闭上眼睛，仿佛重新走进了那个梦境。白色的虚无把我吓得一哆嗦，睁开眼睛，赫然看见柱子上写着指甲盖那么大的两个钢笔字——文辉。

我膝盖一软，跪倒在了地上。

"老曹！你怎么了？"管苧扑到我旁边，想把我拉起来，可我双腿颤抖，根本没办法站起来。

"小苧，我知道咱爸在哪儿了，"我就那么坐在地上，上身靠在柱子上，嘴里像塞满了沙子，干涩地说，"咱爸一定去了李文辉自杀的那个山谷。"

为了尽快找到当年李文辉自杀的准确地点，我们不得不去拜访苏梅。很难想象，这样的事情怎么能打电话跟她说。我们是坐着警车去的。没想到我第一次去拜访苏梅，竟然是以这样的方式。记得岳父曾跟我约定什么时候一起去拜访苏梅，但他似乎是违约了。我和管苧的手始终牵在一起，没有分开，我能感到我们手掌之间的汗水在不断积聚，这才是我们之间的交谈，它已经代替了我们的话语。

警察把车停在附近，我说："就我和妻子上去吧，麻烦你们等一会儿。""当然，我们上去多吓人，"年长的一位警官还不忘叮嘱我们说，"对方年纪大了，你们要慢慢说，别着急。"我点点头，感到舌头浮肿，悲哀淤积在口腔内。

我对这儿并不陌生，因为每年都来，但我不知道那门口的世界，那门后的人，那里有长久困惑我的事物。现在，那个封闭的世界马上要为我敞开的时候，巨大的黑暗压在我的胸前，我真想哭出声来。但我不能，还不是哭泣的时候。

按响门铃，听到苏梅的声音，没错，就是多年前深夜的那个声音，穿越了时间而来，击中我无助的此刻。她肯定不知道多年前守候在门外的那个记者，今天竟然会以这么残酷的方式，又伴随着另一个噩耗，和她有了第二次联系。这是永远的秘密了。

"是小苧呀？"苏梅拉开了门，我看清了她的脸，一张苍白和衰老的脸。就连那声音，比起多年前也衰老了。

"这是……"她看着我，愣了一下。

"苏梅阿姨，这是我先生，"管苧说，"您叫他小曹吧。"

"苏梅阿姨好！"我恍然觉得，此刻分明是当年的自己戴了个面具出现在她面前，我努力让自己微笑着。

"太好了，快进来，快进来！"她非常高兴，拉住管苧的手，引着我们走向沙发，"小苧，阿姨好久没见你了，上次你们结婚，你爸爸邀请我去参加，我好想去的，但我身体不好，那段时间正住院呢，没去成，太遗憾了。你爸爸他还好吧？"

还没坐定，就被问到了痛处。警官还让我们慢慢说，这可怎么慢呢？

"我爸，他……"管苧的嘴唇开始颤抖。

"你爸他怎么了？"苏梅阿姨极为敏感，声调一下子提高了。

"他……"

"他到底怎么了？！"

"他……失踪了。"管苧不知道该怎么铺垫，直接将结果托出。

我紧张地盯着苏梅阿姨，真怕她承受不住。

"失踪了？！"苏梅阿姨剧烈地喘息起来，整个身子全靠在了沙发扶手上，"什么时候的事？"

管苧把来龙去脉讲了一遍，并说了我的猜测。苏梅阿姨的脸完全失了血色，白得像纸，她双手撑住扶手，勉强站了起来，说："一分钟都不能耽误，咱们赶快去，也许还来得及！"

苏梅阿姨和我们一起坐上警车，朝云山峡谷里疾驰而去。一路上，苏梅阿姨咬紧牙关，一声不吭。惨痛的记忆与可怕的现实叠加在了一起，就连我也感到窒息，要逼着自己才能继续呼吸下去。到了公路最接近那儿的地方，苏梅阿姨让停车，然后指着远处一片满是鹅卵石的河床，哽咽着说："当年文辉就是从山上跳下来，摔死在那里的。"

放眼望去，那儿空无一人。但如果有一个人躺在那儿，还是很不容易发现的。我们一行人胆战心惊地朝那里跑去。我抬起头，阳光耀眼，河床的一侧是陡峭的山崖，学者李文辉不知道是站在那上面的哪一块石头上,往下纵身一跃……

我们站在李文辉被发现的地方,蹲下来仔细找,还有一些小石头上带着黑褐色的印迹,那是干枯已久的血迹。

"文辉啊,老管找不到了,你要是在天有灵,你帮帮我们吧。"苏梅阿姨忽然瘫坐在地面上,用冷静的语气说道。她说完一遍,开始说第二遍,说完第二遍,开始说第三遍……然后,她号啕大哭起来,我听见那哭喊里混杂着一句话:"为什么呀!"

"爸,你到底去哪里了!"管苹也被感染了,哭喊了出来,"你真的不要女儿了吗?"

我的心几乎碎了。

苏梅阿姨突然趴倒在地,我们以为她背过气了,赶紧冲过去扶她,但她推开我们,左手撑在地上,右手开始往下挖。她还让我们跟她一起挖。

"挖下去看看,这两个老东西,真不知他们是怎么想的!"她老泪纵横,头发和身上沾满了褐黄色的尘土。

管苹突然尖叫了一声,我们看见她纤细的手指已经挖出血了,而在她手指碰着的地方,露出了一小块牛皮纸,我过去帮她,她说她自己来。我们都像木偶一般静止不动了,默默看着她清理那附近的碎石和泥土。

一分钟后,牛皮纸完全暴露了出来。

——那是一个信封!

拿起来,翻过来看,那上面写着的正是"给管苇"三字。管苇泪如雨下,密集地滴在信封上,她的双手几乎是痉挛着才掏出了里边的信。

小苇,我相信你一定会找到这封信的,因为我相信你和小曹的聪慧。我也知道,当你们找到这封信的时候,应该已经大费周折了。原谅我,我不是要故意和你们玩捉迷藏,而是这对我来说,也是极为偶然的决定。因此,我想让你们找得久一些,这样我就可以为自己的行动争取到足够多的时间。

我昨晚一夜未眠,思绪浩渺,我曾经跟小曹聊过一个晚上,我们有协议,不告诉你,怕你担心,那些内容,以后他一定会告诉你的。远征真的并不可怕,可怕的是鞋子里进了沙子,每走一步,都变成了折磨。我的希望,也就变成了被证实的绝望。

文辉走的时候,我非常气愤,我在心里也骂他是个笨蛋,没有比生命更珍贵的东西,怎么能选择那么惨烈的方式呢?这些年来,对他那件事情,我的观点还是没有改变,只是今天，我也得做出自己的选择了。坚持会让我们变得强大，但有时放手也会。现在，我是到了该放手的时候了。

死亡既是深刻的，也是庸俗的，因为，死亡是人无法摆脱的动物性。于我而言，摆脱掉动物性，是一种解脱。我这一世的使命已经完成，我要去死亡的怀抱里遗忘死亡。只有在死亡的怀抱里，我们才能忘记死亡。可怜的人类！

人生短暂，就像蜉蝣，我们这些人文学者便是蜉蝣里的自辩者，我们得让大家确信即便是蜉蝣，对蜉蝣自身来说也有漫长而有价值的一生。为此，我已经忙碌了一辈子。我来到这个早上，我累了，我觉得我有资本主动把这里当成是我的界限。

小学，不要为我太伤心太难过，因为，即便我不这样，我总有一天还是要先你而去，而现在，我再说一遍，这是我主动的选择，请你一定谅解我，并接受这个事实。说真的，你应该替我感到高兴。我这一辈子，看上去似乎功成名就，但我并没有达到我所期望的高度、所期望的成功，我反而离之越来越远。家庭方面，你妈妈走得早，我的爱也相当残缺，我承受了一辈子爱人离去的荒凉。我当然也遇见过其他的爱人，但终究命运让我选择了孤独。唯有你，我最割舍不下最放心不下的你，让我有亲情可以寄放。但亲情毕竟和爱是不一样的，我们都需要一种更大的爱，让我们能超越这一切。

因此，我要去那个我想去的地方。那儿美得很，你不要去找我，你找不到的。那儿有广袤的森林，有肥沃的土地，夏季有雨落下，冬天有雪覆盖；春天，鲜花在我身上绽放，秋天，金黄的落叶做我的床铺。我应和着大自然母亲的韵律，会完完全全地进入永恒。我的女儿，我会护佑着你的。假如还有另外一个世界，我们总会再相见的。

你和小曹好好地生活下去，属于你们的时代才刚刚开始，你们要尽力融进那个新时代，而我，并不属于那个时代，我属于另外一个时代，另外一个更糟糕也更恢宏、更单纯也更复杂的时代。有很多事情像信仰一样折磨着我们，我们的反抗，便是选择了把知识当作另一种信仰去爱，这将我们部分地拯救了出来。可是，知识毕竟不是信仰。或者说，知识可以信仰，也可以怀疑。

不过，说这些还有什么意思，归根结底，这是我自己的个人选择，与这些那些的已经不再有关系了。

文辉走得很不体面，但他的遗信是很体面的，证明他是深思熟虑过的。而我，由于选择的仓促，只能用一支钢笔和几张信纸，给你们简单交代几句。字迹潦草，文句也没有推敲，但这是我唯一能跟你们说话的机会了。以后，我们的交流，便是在你们闭上眼睛的黑暗中了。

> 你的父亲　绝笔

管苧读完信,她甚至没来得及看我一眼,便倒了下去。头左侧的太阳穴恰好撞在了一块有棱角的石头上,鲜血瞬间就流了出来。

"小苧!"我抱起她,掐她的人中,她的眼睛却没有睁开。

管苧被送进急救室,我站在走廊里,医院那种独特的气息让我作呕。病人们蜡黄而痛苦的神色,让我想到岳父拥有那么健康的身体,却做出了和这些人截然相反的努力。仅此一点,就让我对生命本身充满了下跪的敬意。我从未如此可怕地意识到,生命远远不是我们看上去的这些面孔和身体,生命是在这些面孔和身体内部弥漫、聚集并流动的未知之物。那究竟是一种什么样的事物?那是物质还是能量?它仿佛已经超越了神秘,荡漾在一个万事万物存在的终极性边界以外。

我去卫生间,从镜子里看见自己浑身是土,行尸走肉的样子，吓了一跳，那几乎是一个死人！我洗着脸，哭泣着，泪水和水流混在一起。有人经过我身边，叹了口气。

我洗完脸，不敢看自己，就那么直挺挺地走了出去……

不知道过了多久，管苧躺在病床上被推了出来，我发现她的眼睛已经睁开了。

"她没有大事，就是低血糖，加上情绪过度紧张，导致昏厥了，而且她已经……"医生在我耳边说着情况，可我一听没大事，注意力就全部放在管苧的脸上了。因为，她那双几近熄灭的眼睛正在努力望着我，干裂的嘴唇嚅动着，应该是很想对我说些什么。

我低下头，趴在她面前，问："小苧，你想跟我说什么？"

管苧说了一句话，声音像蚊子一样轻微，我无法听清，我侧着头，把耳朵直接放在她的嘴唇上。

我听见她艰难地说："老曹，你知道吗，医生说我怀孕了。"

我百感交集，不知道该说什么才好，巨大的情感内压让泪水瞬间冲出了眼眶。

她又说："如果爸爸知道这个消息，他会回来吗？"

我哽咽着说："无论如何，他会快乐的。"

多普勒效应

◆

你的孤独安慰了宇宙的孤独
可反过来并不成立

1

他不知道什么样的人会住在这样的地方。他有些后悔。虽然现在走还来得及,但他仿佛被困于那个执念,一定要探询下去。他放下行李,愣在原地,床铺还算干净,但这种地方一定不会勤洗勤换,只要视觉上没有脏污的感觉,用到朽烂都不出奇。除了两张床,什么也没有,显得空荡和寂寥。这两张不洁的床都属于他,真是滑稽。这里的商品不是"房间",而是"床",你要独占一个房间,就得为房间里所有的床买单。幸好这间房只有两张床,而不是三张、四张,甚或五张。

"生意好吗?"刚才,他戴着墨镜问。

"越来越差了。"小孙的鱼泡眼愈加鼓胀了,右脸多了一道疤痕。

"以后怎么办?有什么打算吗?"他没有掩饰自己的嗓音,有些忐忑,怕被认出来。

"还能怎么办,靠你们这些老板多来帮衬呀。"小孙笑了起来,慈眉善目的,仿佛在这个位置上守了一辈子了。

他也笑了笑,感到一阵悲哀,不免有些恍惚了,自己真的认识小孙吗?

火车来了，老远就发出吃力的呻吟声，随后，窗台上的茶杯盖震颤起来了，像寒冬的牙床，可现在，早已是春天了。因此，他感到火车带来的震颤，更像发春后的战栗。火车的声响达到一个最高峰后，一下子低沉远去。

多普勒效应。

他准确找到了那个尘封的物理学命名。

高三的时候，他曾给小孙补习物理，小孙一下子就理解了多普勒效应，而且运气不赖，高考正巧就有这道题。在考后的聊天中，小孙对他高兴地提到了"开普勒效应"……一字之差，天壤之别。从此，他和小孙相别于天涯。他去北京读梦想中的大学，而小孙死守原地，那是个没有手机、网络也不发达的年代，两个人便失去了联系。

他大学毕业后，回到了本省的省城，考公务员进入了市政府工作。而就在那一年的八月，在小城政府部门工作的父母也调到了省城。父亲用将军般的口吻对他说："好儿子，这是双喜临门呀，咱们在省城会师啦！"

他倒是没有太大的成就感，许多同学都留在首都工作了，再不济，也都去了上海、广州、深圳等大都市，他回到西北内陆的一个省城，算得了什么呢？他没有把这种想法告诉父母，那对他们将会是不小的打击。他们有着西北内陆人的老实本分，觉得能端一个铁饭碗，还是省城的铁饭碗，已经很知足了。他们现在觉得他的人生大事已经完成一半了，剩下的就是结婚生孩子。他在大学期间处过一个女朋友，是湖南株洲的，白白净净的皮肤，身上肉乎乎的，带着自然的喜气。大三暑假的时候他还带她回来旅游了一番，其实是应父母的要求，带回来给他们看看的。父母倒是挺喜欢那个女孩儿。女孩儿吃煮鸡蛋的时候，把蛋壳里残留的蛋白也小心翼翼地用手指挑了出来，放进了小嘴里。母亲因此觉得那是个会过日子的好姑娘。父亲尊崇左宗棠、曾国藩和毛泽东，因此也很满意，说湖南人好，能成大事。他想调侃一下父亲，能成什么大事？婚姻大事罢了。他终究什么话也没说，觉得父母满意就好，他当时也是满意的。但是，事情很快就起了变化，女朋友考上了研究生，还要在北京继续深造三年，她说这三年她是不考虑结婚的事情的。他一方面表示理解，另一方面觉得那话怎么听都像某种借口，于是干脆利落地分了手，回了省城。他本以为父母会接受不了，但实际情况是，他们一家人"会师"的喜悦，远远冲淡了那个湖南女孩儿的身影。父母都是一个腔调，不愁，不愁，就在咱这儿找，好女孩儿多得是。

他是真不愁，不是对自己有什么优越感，而是对这件事完全不放在心上。自有过失败的初恋之后，他对感情的态度变得有些漠然。曾经的幻影总是在潜意识里持续折磨着他，他在很长一段时间里有些惧怕女人。湖南女孩儿的出现，让他好不容易从那种负面的情绪里走出来，但随着这段恋情的结束，女孩儿的身影越来越模糊，变幻成了一团梦中的白雾。但正是那团白雾不再消散，让他变得困惑和迷茫。他记得那一年的冬天格外冷，积雪最深处达一米，城市的交通完全瘫痪了，这也算是新闻吧，《新闻联播》提了一下，然后他收到了湖南女孩儿发来的慰问短信，还和他开玩笑说，当年不该听他的夏天去，应该冬天去，她已经深深爱上雪天了。他说："北京一样有雪。"她说："不一样，没有你。"他不知道该怎么回复，他使劲分析：她只是一时感慨，还是怀有某种和解的试探？他没有回复，想等一等。就在那天深夜，他躺在床上还在思考着那句暧昧的话，父亲接了一个电话，大吼了一声："天哪，发生矿难了！"

"哪里？爸，你说清楚。"他跳下了床，跑到父母卧室门口，他看到父亲的脸都青了。

母亲哭了起来，父亲愣怔在那里，不住地叹气。他长这么大，还没见过这样的场景，也被吓蒙了。待父亲缓过劲来，才声音颤抖着说："就是小城的露天煤矿发生了滑坡坍塌，九个人被埋，其中有一位是我的同事老黄。以前都是我去那里监测的，要不是我调走了，被埋的人就是我。"许久没喝酒的父亲，一个人喝起了闷酒。

他第二天才从同学QQ群（他和小孙都在QQ群里，但两个人彼此都没有添加对方好友，两个人也几乎从不在群里发言）得知，被埋的人里还有小孙的父亲。小孙很小的时候，母亲就改嫁到新疆去了，他是被当矿工的父亲给拉扯大的，这下小孙便成了孤儿。他很想给小孙打个电话安慰一下，但除了过去那些放不下的复杂情愫之外，还有一种说不清的歉疚。比如，他父亲是幸存下来了，但父亲曾经所在的部门，要不要对这起事故负责呢？进一步深想，小孙会不会连他也恨上了呢？各种思绪，有的没的，都在他脑海里翻滚，导致他一夜未眠。他大清早昏沉沉去单位的路上，忽然很想和湖南女孩儿通个电话，聊聊那句话的含义。

电话通了，两个人太久没说话了，气氛非常客气，后来，她小声对他说："我和我男朋友在一块儿呢，现在不方便说话，你有事的话我等会再打给你？"他说："不必了，我只是突然想问候一下你，希望你一切都好。"典型的电视剧的陈词滥调。她说："放心，我都好，你也好好的。"他挂了，突然下定了另外一个决心：绝不能给小孙打电话，决不能打。打了就好像是他做贼心虚似的。因为，你永远也无法确定别人的想法，你极有可能只是一厢情愿，让自己掉进尴尬的夹缝里。

听同学说，小孙在父亲死后，把家变成了旅馆。在那之前小孙是做什么的，同学也都说不清。按理说，小孙没上大学，应该很早就出来工作了，但小孙的过去似乎变成了谜团，那个人也就变成了一个愈加陌生的人。

他没有把同学的父亲也在罹难者里边这件事告诉父亲，他不想增加父亲的心理压力。父亲的高血压犯了，头昏脑涨，躺在床上，脸部红彤彤的，看上去倒是一副喜庆的样子，显得诡异极了。他只得扭过头去，不看父亲。他坐在书房里，用电脑搜索着那个矿难的后续信息。但信息少得可怜，那个天高皇帝远的地方，很快就被世界遗忘了。那座高原小城，因为煤矿的开发而鼎盛，也因为煤矿的无序开发而凋敝。那次惨烈的矿难发生之后，国家便关闭了当地全部的小煤窑，查禁了黑煤窑，怀揣资本与苦力的各色人等一哄而散，只剩下了一家国有企业。小孙在这样的时机开旅馆，能维持得下去吗？他觉得这不是个明智之举……

多少年过去了，小孙居然维持了下来，他觉得不可思议。也许是小城的生存成本很低的原因吧，他只好这样去揣测了。现在，他心中念叨的却是一件微不足道的事：当年小孙能迅速弄懂多普勒效应，原来只是因为住在火车站附近，每天必须接受一次又一次的多普勒效应。这个想法像一个鱼钩，将他的记忆迅速地拽入纵深，仿佛直抵另一个人的少年时代。那个每天都置身于多普勒效应中的少年。那个少年，在他的记忆中只剩下了一个模糊的场景：矮个子的少年小孙戴着老式的黑色瓜皮帽，脖子上挂着那种厚厚的不分指头的大手套（左右手套之间是用一根布条绑在一起的，那根布条挂在脖子上）；少年小孙脸蛋红红的，围着他问各个科目的作业题，他尽力解答着，作为回报，少年小孙在余下的时间里会给他乱讲一通天南海北的趣事，他被逗得哈哈直笑。看来那个时候的小孙还是很会讨好人的。笑话的内容自然不可能记起，但他还记得有一次小孙送了他一个打火机，上面粘着一幅画，是一个穿白裙子的女人，当打着火之后，随着温度的升高，那女人的白裙子居然逐渐消失了，露出了裸体。他惊呆了，小孙站在一边嬉笑着。那时，他还没有看过女人的裸体，便一遍遍点着打火机，直到用尽了里边的燃气。

2

他刚刚一出现,我就认出他来了。这人不是夏阳吗?当然,我的确先怀疑了一下,因为太久没见了,但他一跟我说话,我就确定是他,百分百没错了。一个人再怎么乔装打扮,他的音色和他的指纹一样,是不会改变的。夏阳居然连这么简单的道理都不懂,他还是高才生呢,真是为他感到好笑。话说他为什么要这样干呢?他肯定是带有目的而来的,看他紧绷的脸部后边隐藏不住的嘲笑,就知道他是认识我的,就知道他是专门为我而来的。为什么偏偏选了我?我有什么值得他探究的?没错,有一段时间,准确地说,应该是考试前,尤其是高考前,我经常凑到他身边,问他各种题。我也想上大学啊,最普通的大学都行,这点理想觉悟我还是有的。说起来,他是个有耐心的人,会给我一一解答。但我们算朋友吗?我不能确定,他这个人表面随和,但内里的心高气傲是掩饰不住的。我那会儿就知道,我和他以后不会是同一个世界的人,因此,当他如愿考上北京的大学而我名落孙山之后,我就主动不再联系他了。曾听人说他想找我,但我依然不为所动,我不想联系他,我不想再和他有任何关系。不,我并不讨厌他,我遇到事情的时候还想起过他,我只是不想反衬出自己的卑微。我不喜欢那种感觉。

夏阳的这副打扮真是太滑稽了，像个特务。我看着他的背影差点没笑出声来。鬼鬼祟祟的样子，还以为自己神不知鬼不觉。他应该是来看我的笑话的吧？看看我今天混得有多惨，才能让他更加体会到一个成功人士的幸福。他妈的，他一定不知道，这么多年来，现在是我最幸福的日子。想起高考失败的那年，那才真叫苦。我想补习一年的，毕竟我离分数线不算远，再努力一把，也许就有机会了。但是，我的父亲，那个黑着脸的老矿工不愿意，他说："我知道你小子跟你爹一个德行，不是读书的料，死了那条心吧。"我说："爹，你让我再试一年，就一年，万一我考上了，我以后就能当个干部啥的，让您老过上好日子。"我爹吐了一口痰在地上，这可是在家里，又不是在矿上，他就那么吐在了家里的水泥地上。他说："小子，你补习一年，再读四年大学，加一起五年，你爹的身体快扛不住了，你来接爹的班吧。"我爹的嗓门很大，震得我头皮发麻，像不容怀疑的圣旨。我一百个不愿意，但我知道他的身子已经垮了，他吐的痰都是黑的，跟沥青似的。我没再说什么，过了几天就跟他去矿上上班了。

据说阴间有地狱，但我认为地狱也比不过矿洞。那个露天煤矿，经过长期的开采，表面的煤已经挖得差不多了，需要下到深坑里继续挖，巨大的打钻声让你的太阳穴突突直跳，黑色的煤尘让你吸了第一口就感到胸口发闷，酸水上涌。我浑身发着抖，像个马上就要挨枪子的死刑犯，就差没尿在裤裆里。我一点一点往矿洞里挪，里面开始变得湿漉漉的，污泥越来越烂，每走一步，我的胶鞋都要被粘在地面上，我要耗很大的劲儿才能把脚拔开。班长知道我是孙大炮的儿子，对我还算仁慈，他指着一块地儿，让我抱紧了钻头往前使劲。"这就是战场，你是拿着钢枪的战士，一定要把枪拿稳啦！"他大声在我耳边喊道，像是一把钢针捅进了我的耳朵眼儿。我这才总算明白我爹为什么像个奇怪的聋子一样：我和他小声说话他完全听不到，他要把电视的声音开到最大，在叽里呱啦的噪声作为背景的情况下，他反而可以听清我说的每一个字。我知道自己完了，自己的耳朵早晚也要变成那样，要靠着噪声当扶手才能去分辨别人说的话。我开动了电钻，感到自己随时都有可能被喷出来的这些碎块给埋了。没错，我去那里干活的第一天，我就知道那里早晚要出事。这不需要多么艰难的专业知识，这是秃子头顶的虱子，明摆着的事情，只不过没人在乎罢了。那些上头派来检查的办事员，谁会来到这么深的洞底？都是下到一半随便看看就上去了。而周围的老矿工们，已经习惯了这种恶劣的环境，谁去嚷嚷这个，嚷嚷那个，反而会被别人觉得娇气和多事。这就像在比赛运气，谁摊上倒霉的事情谁就得认命。

可我从没想到摊上倒霉事的是我爹。我第一天从矿上下班，整个人差不多快垮了，我对我爹说："我不去，真的不去了，那不是正常人干的事。"我爹发火了，朝我吼，声音太大，我反而听不清楚，我发现我的耳朵木了，听什么声音都多了嗡嗡的底音，好像忘关矿钻了。我瘫坐在沙发上，我爹坐到我身边，安静了一会儿，说："我还有四年就能提前退休了，就四年，到时咱们都不干了，咱爷俩到时投资做点小生意去。这两年咬咬牙，坚持下，多赚点本钱。"听我爹这么说，我哭了，似乎我不听他的，生活就要结束了。我爹说："四年后，你才二十二，到时你就和他们大学生一样一样的岁数。可那个时候他们大学生有啥？啥也没有。可你呢？到时你已经有了钱。有钱了你就去创业。爹看好你，支持你。"这话听得我很舒服。四年后，眼看还剩一个月我爹就退休了，可是他头顶的那截矿洞塌了，他被埋在里面了。等他被扒拉出来的时候，他的鼻孔和嘴巴里塞满了黑煤，五官走了样，看上去像烧焦的泥人。我敢打赌，如果给他做尸体解剖，他的五脏六腑一定也是黑色的。我没有哭，我忽然想到，我爹应该早就料到了这一天，因为他的肺早就纤维化了，像两条用来洗碗的干丝瓜瓤。他不想死在家里，更不想死在医院里，只有死在矿上，才是死得其所，才能榨干这具身体的最后一点价值，我也才能获得一笔像样的抚恤金。

这笔抚恤金加上这几年我和爹的积蓄，有个二十几万。对煤老板来说，这简直不是钱；但对我来说，是一笔让人心跳的巨款。不过我真的不知道自己接下来可以做点什么。我爹让我创业，我脑海里空洞洞的，一无所长，我能创什么业呢？能活下去都不错了。这个时候，我居然想到了夏阳。我已经好多年没想起过这个人了，可这个时候，我想起他来了。他在城里，听说是在政府里担任什么要职，我想找他问问，我应该怎样投资、怎样创业，他平台大，见识多，一定有办法。大不了到时给他分点钱。分多少好呢？五千。估计不够，舍不得孩子套不到狼，那就一万吧。我到时拿着一万块钱人民币贿赂他，最好叫他能把我弄到什么部门去，挂个闲职。我挂着闲职，领着一份保底的工资，再去投资。那样的话，就算是投资失败了，我也不怕流落街头当乞丐了。

说干就干，我很快就要到了他的电话号码。我拿起手机，忽然感到嗓子眼儿像着火了一样。我咳嗽了几下，喝了一杯水下肚。这也是我当矿工留下的后遗症，一紧张，咽喉就发痒疼痛。医生说是器质性病变咽喉炎，我问能不能治好，他说没问题，就是需要的时间较长，可以先给我开一些药调养。我一听就算了，肯定是想变着花样骗钱的，我的病我自己知道，都是煤尘惹的祸，我现在永远告别了煤矿，一切都会慢慢好起来的。可我拿着手机，像老人那样咳嗽着，就是说不出话，我不知道自己为什么这么紧张。成就成，不成就拉倒，有啥好怕的？夏阳这浑蛋，上了大学我们就再没联系了，变成咋样的人了？要是翻脸不认人咋办？我越想越犹豫，干脆上街溜达溜达，散散心，想清楚。可没想到，这一上街，阴差阳错地，就走上了另外一条路。

8

这次他回这儿是因为一次公差，事情并不多，开完一天的会基本上就没什么事了。那些考察活动，他申请不参加了，因为他对这儿实在是太熟悉了。同事建议他再走走看看："这个地方变化很大呢，恐怕早已不是你当年认识的老样子了。"话说得很对，但这样其实更没意义了。如果这儿变得连他都不认识了，那他更没必要去参观。一个和自己丧失了关系的熟悉地方，还不如一个纯粹的陌生之地。他宁愿在心底保持着过去的美好。

同事们去考察了,他甚至都没问他们去哪儿了,他对自己的漠然都有些暗自吃惊。他不怀疑自己的这种冷漠,这是装不出来的,更是骗不了自己的。常年的政府公务工作,似乎耗尽了他的好奇与耐心。他躺倒在床上,打算好好睡上一觉。他很快就睡着了。他并不是一个拥有良好睡眠的人,这种状态属于意外。等他睡醒后,他也为自己的快速睡眠感到惊喜。他看看表,发现他实际上只睡了十分钟,但就深度而言,感觉上至少有一个小时。他又闭上眼睛,还想再睡,但睡意像泄气的轮胎一样迅速瘪了下去,他只好一动不动,享受着那种睡眠的余韵带来的平静。

睡意彻底失去了,意识得到滋养后,开始活跃起来。过分的健康可不是什么好事,他这么想着,不得不睁开了眼睛。在这一瞬间,他忽然觉得自己看到了二十年前的过去。这么说也许不确切,与其说那是一种视觉,不如说那是一种感觉。他并没有看到什么触动记忆的媒介,比如房间里根本不存在过去的老照片——就像有些旅馆喜欢弄的那样。这个旅馆是全新的,据说是这里最好的,因此也和任何城市的标准间毫无二致。

那是一种什么样的感觉呢?他觉得那就像时间的涡流倒

转，在那一瞬间，他被带回到了过去，然后，他看到了过去的时间。是的，视觉上看上去什么都没有变化，但是时间恰恰是看不见的。

他坐起身来，望向灰蒙蒙的窗外，在那些新建高楼的缝隙里（正是那些新建的高楼混乱了他的记忆），残存的低矮平房、脏污的小路、人们那种说话走路的神态、慵懒的花斑土狗，还有更远处的那座形似骆驼的小山，它们开始在他的脑海里自动拼接起来，生成了另外一个世界的画面。虽然模模糊糊，但"过去"呼之欲出。他忽然意识到，时间并非是持续向前的东西，时间分明是静止不动的东西，是外物在时间的涟漪中增多或是减少，只要有一点点事物从涟漪中传递过来，与之相关的时间便可以从中抽取出来。即便是事物消亡了，消亡的也只是事物与时间之间的联系，那有着关联的时间本身依然完好如初，带着对事物的记忆，只是无法再破译。这么说来，时间也有类似的多普勒效应，你迎上去，过去的一整个世界包围了你；你逃开了，过去也邃然而去，仿佛从不存在。

这些想法，让他感到有些烦乱，他走到窗前，打开窗，那种淡淡的烧焦的气息（采煤厂的设备更新换代多少茬了，奇怪的是，这种气息还是没什么变化），冲进他的鼻腔，启动他的嗅觉细胞，他甚至战栗了一下。他感到恐慌，过去并不是记忆中残破的样子，过去完好地封存在时间当中。而他，此时孤独一人，过去那个世界正在蠢蠢欲动，准备将他彻底吞噬。

他被这种奇异的感受驱动，走出旅馆，来到户外，发现车站就矗立在这条街道的尽头，这是他来的时候没有留意到的。车站早已重建了，似乎想设计成贝壳的形状，可那些拼接起来的一块块玻璃幕墙，跟龟壳一样，远远望去，车站就像一只趴着的大龟。这就是他害怕故地重游的原因，过去的一切在记忆中都被美化了，而现实的一切，多半会成为荒腔走板的滑稽戏。就像这座车站。记忆中的车站是一幢中规中矩的红砖大楼，楼前的小广场上竖着一位飞天女神的石雕，尽管女神的胸部被无聊的男人们摸得透亮，无端地有了色情的意味，但现在他却强烈地怀念起那位女神，觉得那女神的优雅神态不逊于他亲眼见到的美国自由女神像。

就是在这个时候，他想起了荔蜜，他的初恋，他曾被她的那双眼睛深深迷惑，他想不通她的眼睛为什么那么漂亮、那么清澈，还会发射电流。尤其是她微微一笑的时候，那双眼睛便弯成了月牙，让人顿时感到无比可爱和亲近。他不知道这只是符合自己的审美，还是符合每个男同学的审美，他和任何人都没有交流过，成了一个秘密。他在多年以前乘火车离开这里去北京上学的黄昏，独自一人在候车室里望见的，就是那座飞天女神的石雕。他当时望着望着，恍然间，那石雕分明就是荔蜜，他的泪水模糊了视线……二十年过去了，他听说荔蜜嫁给了小孙，他的第一感觉是，荔蜜已经沦落到了这样的地步。也好，她和小孙在一起才是合适的吧。

他沿着街道继续向前走去，离车站越来越近了，车站的陌生感也越来越大，他这才意识到他似乎是在寻找什么。看来，他之前的麻木心境也是出于对这种寻找的逃避。他停了下来，茫然四顾，高原上的天空格外苍茫，和他的心境一样。也许，他想寻找的，便是类似荔蜜的眼睛那样的存在，他只是想再看一眼，一眼便足够。他记得微信群里曾有人说过，小孙开的旅馆在车站附近，这里的旅馆屈指可数，他一定可以找到。他从来不在那个同学群里说一句话，但他们的话，他都会逐一浏览。某些信息，他会过目不忘。现在看来，那都是为了有一天——比如今天这样的情况——而做的准备吧。

进站的火车发出巨大的轰鸣声，等他走到车站前，十几个在这儿下车的人已经拖着行李走了出来。人太少了，豪华的车站显得大而无当。他混迹在这股小小的人流中走了一段，看到了那家小旅馆，没有任何特征，甚至连名字都没有。他能确定那旅馆，完全是因为坐在门口柜台处的小孙，他记得那张脸，尽管那张脸的上方已经完全没有了头发，反射出了一小片油滑的锃亮。衰老的变化虽然令人害怕，但同时，还有那种久违的亲切感。他发现人对于自己过去交往过的人有一种"逆想象"的成分，时间越久，这种想象成分越大，大到似乎什么也没有改变，时间被搁置了。就像他看出那是小孙以后，他从那张脸上看到的分明是中学时代的那个少年。

他想接近那个人。怎么接近？就这么扮作大大方方的样子走上前去，用那种久别重逢的笑容向对方介绍自己吗？他觉得自己似乎无法做到。倒不是他已经丢失了真诚，而是正好相反，他觉得那种方式太过夸张，需要扮演的成分过多，反而失去了真诚，失去了心底真正渴盼的东西。

于是，他想到了伪装。

4

夏阳现在干什么呢？我很有兴趣知道，而且，我也有能力知道。我用左手托起手机，先暂停热播的反腐电视剧，然后从手机界面中找到监控软件,手指轻轻触碰,我就看到他了。他坐在床沿上,百无聊赖的样子,过了一会儿,他站了起来,望着窗外。像个雕塑一样,一动不动。他一定是怀着什么不可告人的目的而来的,别的房客住下之后,都是打开电视,然后舒舒服服地躺在床上看电视。很多人鞋也不脱就那么躺在床上,让人非常讨厌,但我又不能指责他们,毕竟,我不能说我是亲眼所见的。等他们出门以后,我拉开他们的行李箱,把脚踩进去,我心里就舒坦多了。可夏阳,这个省城里来的干部,总是若有所思的样子,肯定会搞什么幺蛾子的,我得小心为上。

一开始的时候,我哪里会想到我后来会干这样的事情。我拿着手机,想找夏阳,却怎么也开不了口,我出去散心,跑到离家不远的火车站广场上溜达。我特别喜欢在这里听到火车由远及近开进站的声音,那汽笛声越近便变得越尖细,我都会想到多普勒效应。我自以为对这个物理学概念的理解是烂熟于心的,但是高考的时候,我照样答错了。我写成了开普勒效应。那是宇宙天体的规律,一字之差,天壤之别。从此,每当听到火车的汽笛声,我都会感到忧伤,为我不济的命运忧伤。这个时候,我觉得自己脆弱得像个早恋失败的中学生,而不是个挖煤的矿工。

那天,我在广场上溜达,不知藏在哪儿的喇叭放着《好日子》这首歌,我耳朵里钻满了喜气洋洋的声音,那种难受劲比待在矿里还别扭。我站在飞天女神的雕塑下面,与面前这座小火车站对望着。我甚至有一种冲动,冲进去坐上车随便去什么地方好了,去他娘的夏阳,老子在哪儿不能活?我怀疑自己身上有着老娘的那种疯狂基因,就是盲人一样逃跑,不管跑去哪里,离开这里就好了。说起我老娘我还是会难过,但我不准备联系我老娘,告诉她我爹死了,没有必要。在她心里,我爹早就死了。我爹也真是该死,他以前对我娘动手也忒狠了些。我娘不跑,估计也被我爹给打死了。我想帮我娘,我爹给我一巴掌我就倒在沙发上爬不起来了。我想杀了他。可我娘就那样突然跑了,连我也不要了,我只得跟着我爹过日子。所以我恨她,恨她的自私,我希望她也早点死了吧。唉,我要不要找到我老娘,分点钱给她?我不确定。就在这时,我看到有个年轻女人从站里走了出来,她穿着黄色连衣裙,拖着一个粉红色的行李箱,看上去像省城的女孩儿。我盯着她看了一会儿,忽然觉得那张脸好像在哪儿见过。我朝她慢慢走了过去,我东张西望,装作不经意的样子。那女孩儿心事重重,走得很慢,我很快就走到了她身边,然后我超过她,回头望了一眼,发现的确有点像以前的同学荔蜜。那女孩儿见我看她，忽然站住了，说了句："我们……我们是认识的吧？"听她这么说，我直接问："你是荔蜜？"她点点头，有点无助地看着我。我自我介绍了下，她想起来了，哈哈笑着说："你变化好大，我差点认不出你来了。"变化能不大嘛，过了四年老鼠打洞的日子，能活着站在这里已经很不错了。可我什么也没说，只是呵呵笑着，问起她的近况。

我以为她在省城工作，这次只不过是回来探亲，但她说不是的，她是去省城参加了一个美容培训班，回来打算自己创业，开个美容院。我对创业太感兴趣了，我就多问了几句。荔蜜看我这么感兴趣，有些意外，有些飘飘然，也开始说起了自己的宏图。她手舞足蹈起来，说别小瞧了小城的女人，无论哪儿的女人，女人的爱美之心都是一样强烈，一样不可抗拒。小城的审美观太老土了，女人们素面朝天，连化妆都不会，她有信心在小城掀起一股时尚潮流。我当场就快被她说服了，倒不是她的话多有道理，她的话一板一眼的，明显是刚刚从培训班学到的。她能说服我的不是嘴巴，而是眼睛。她的眼睛太漂亮了，我记忆中的荔蜜已经模糊了，我不记得她原来有这么漂亮，只记得她是个玩世不恭的小太妹，被社会上的混混搞大了肚子。现在我发现她竟然是这么漂亮，这么漂亮的女人不做美容，还能做什么？我觉得她一定行。我差点就直接说出我正在寻找创业的机会，我咳嗽了一下，问她有没有投资的本金。她说她有办法，她会说服家人支持她的。

"你呢？现在做什么呢？"终于轮到荔蜜问我了。我不想说我刚刚做了几年矿工，让她看不起，我便说准备去省城闯闯。她的神情明显愣了一下，我说的话超出了她的预期，但她仍然用不在意的口吻说："省城车多人多，烦死了，我有许多机会能留的，我都不想留。你去省城具体做什么呢？"我犹豫了一下，还是说了我的计划。我说我打算去找夏阳，让他帮我拿拿主意。

"找他干什么？他混得很好吗？"荔蜜的眉头皱起来了，我这才想起来，传说夏阳追过荔蜜，可荔蜜把他写的信撕成碎片，丢在他脸上了。我当时也没好意思问夏阳这事，我当时还想，假如那是真的，那我真替夏阳不值。那个瞎混的小太妹，没有哪个正经人会喜欢那样的货色。

"你不知道吗?！"我故意用夸张的语调喊道，想看看她的反应，"夏阳人家现在可是省政府的干部，你在省城没见到他吗？"

荔蜜抬手把眼前的几缕刘海向耳后捋去，鼻翼微微翕动了一下，声音有些沙哑地说："我找他干吗，他跟我们不一样，从一开始就不是一个世界的人。"

我听荔蜜这样说，我就知道夏阳追过她的事是铁板钉钉的，我对他们之间的细节没什么兴趣，更何况，我觉得荔蜜的话说得很有道理。我之所以不敢给夏阳打电话，还是因为自己和他是两个世界的人，我去打这个电话，哪怕他并没有帮到我一丝一毫，我也会感到憋闷，感到不自在，感到没面子。哈，虽然我是个没什么面子的小人物，但我对自己拥有的那点小面子格外珍惜。我的这点小面子就是用来对抗那些成功人士的大面子的。也正因为如此，荔蜜这样说一下子就拉近了我和她的心理距离。她居然说"我们"，也就是把我和她看成是一类人，尽管这是她下意识随便一说，但一定更加真实。我抢过了荔蜜的手提箱，帮她拉着，咬咬牙说："你说得对，我们和他是两个世界的人。那我们合伙一起干吧。"

"你？"

"我这几年四处打工攒了点钱。"

"你有多少？"

"不多，"我扭头看着她好看的眼睛说，"也就几十万吧。"

荔蜜的眼睛释放出了柔和的光芒，眼角也有了弧线，像一对漂亮的月牙。"太棒了！"她喊道，"没想到我刚回来就拉到投资了！"她笑了，大张着嘴巴笑了，红润的嘴唇肉乎乎的，里边整整齐齐的牙齿像白色的玉石。我在黑暗的矿洞里待了四年，从没见过这么美丽的事物。我的世界里从来都没有女人，我的渴望几乎跟死了一般。现在，欲望被瞬间唤醒，我两腿间的那玩意儿忽然硬得像根铁棍。我是个男人。我是个男人。我快步往前走，走到她前面，我相信她肯定没有发现这个尴尬的情况。

5

窗外不远处就是铁路，每当火车驶过，他都情不自禁地走到窗前，一动不动地望过去。火车因为刚刚启动，开得并不快，他可以看清每一节列车上挂的牌子，上边用红色的字体写着是从哪里开到哪里的。后来，竟然有一列运煤的火车驶过，他甚至打开窗户，盯着看了好久，他觉得也许这正是自己等待的。在他的印象中，似乎客车和火车行进在不同的轨道上，现在看来，这个印象是错误的，它们只是时刻不同，但行驶在同一条铁轨上。

当运煤的火车驶过之后，他忽然感到了茫然。他小小的冒险似乎获得了暂时的满足，他住进了小孙简陋的旅馆里，体验着另一种生活。似乎几十年的光阴，经过自己的这个举动，得到了很大程度上的弥合，他也获得了某种想象中的满足。接下来，他开始越来越强烈地渴望见到那个人了，那个和小孙生活在一起的女人。她应该变成灰头土脸的本地妇女的样子了吧？那双迷人的眼睛也失去了大部分魅力吧？他回想着刚才在街道上碰见的女人，她是不是也和那些女人的装扮差不多？

就在这时，他忽然听到楼道里似乎有什么动静，他侧耳倾听，发现有人来到了他的门前，他悚然心惊，该不是小孙认出他来了吧？他迅速寻找着一个能为自己行为辩解的理由，但大脑却一片空白，只能随机应变、胡言乱语了。门缝下边有什么东西塞了进来，然后他听到脚步声快速离开了。那是什么？小孙写给自己的纸条吗？他疑惑地走上前去，发现的确是一张纸条，是对折着的。他拿起，打开，上面是一串电话号码，后面写着：小姐。原来如此。小孙的小旅馆能经营到今天，原来靠的是这个。他完全没有想到。他不是不知道许多旅馆搞的这一套，只是他无法把这种事和小孙，尤其是记忆中的那个少年形象关联到一起。刚才，塞纸条进来的人是小孙，还是跟小孙合作的皮条客呢？小孙的可能性还是更大，皮条客似乎没有必要连这点小事都亲力亲为。他脑中浮现出小孙蹑手蹑脚来到他门前，蹲下身，塞纸条的样子。如果恰是那个时候他打开门，就能和小孙四目相对了，不过他是俯视的，可以看见小孙光滑的秃顶；在那种情况下，小孙仰起脑袋，认出他来，会是怎么样的表现？

他不敢继续想。有种说不清的残酷在其中。他坐在旅馆的床边，有些焦虑，将那纸条捏成了一团。

荔蜜曾把他写给她的情书揉成了一团，然后微笑着递给他。她的笑容看上去还是那么天真无邪，好像是在说"别再犯这种小错误了，我原谅你了"。他的心感到疼痛，但是在荔蜜那美丽笑容的照耀下，他不知道该怎么表达自己的疼痛。他已经被明确拒绝了，却还依然担心自己的表现够不够格，会不会被扣分。最终，他只得对她也微笑了一下，这就是所谓的风度吧。她说这件事就算过去了。说完她就走开了。她脑后的马尾高高扎起，一甩一甩的，像涌动的海浪。前一天晚上，她也是以这样的姿态离开他的。当时，他和荔蜜，还有好几个同学，听说小城的旱冰场开业了，也来凑热闹。他以为这是他走近荔蜜的一次好机会，想象着他能牵着荔蜜的手一起滑旱冰，他激动得手心湿漉漉的。他对她已经预谋已久了。在教室里，荔蜜的位置正好在他的前边，他只要一有时机就和她搭话，时间久了，他们自然而然地熟悉了起来。荔蜜的成绩并不好，经常完不成作业，他想帮助她，耐心给她讲解，可她没什么耐心，抓过他的作业本就是一通抄。他对这样的女孩儿本是不该产生感情的，但他难以抑制，甚至她越是表现出这样的特质——和他完全不同的两类人的特质，他越是情难自禁。他认定她的心灵是自由的，乃至狂野的、蔑视世俗的，而不再是老师和家长眼中一个管不住自己的坏女孩。就这样，他经历着自己的初恋。她让他第一次体会到为另一个人魂牵梦萦是什么感受。

旱冰场那种地方他只在电视上见过，眼下这个实实在在的地方与想象中的出入很大。拥挤的人群，大多数人面色冷漠，流露出蔑视一切的样子。男人留着长头发，女人留着寸头，肩膀和手臂上各种图案的文身随处可见。巨大的音响放着震耳欲聋的音乐，那种音乐节奏强烈，呼喊的声音支离破碎，充满了暧昧、挑逗、邪恶，但是能让你感到亢奋和刺激，感到所谓的"潮流""时髦"就蕴含在这种玩意儿里面。但"潮流"究竟是什么呢？他直到几十年后也未曾把握到，只觉得那是商业营造出来的一场幻觉罢了，太多人却被那个虚无缥缈的空壳子所笼罩。他当时就对这样的东西感到了抵触，但为了荔蜜，他穿上了散发着别人脚臭味的旱冰鞋，像个蹒跚学步的胆小孩子，双手紧紧抓住场子里的围栏。荔蜜的状态比他好不了多少，但她高兴极了，她甚至大笑了几声，他从未见她那么开心过。她那天穿着一件黄色连衣裙，在彩色射灯释放出的那些令人不安的光斑的昏暗空间中，像一团璀璨的焰火。他距离焰火的距离只有一米远，他试图挪到她身边，保护她。就在这时，一个留着精致胡子的家伙出现了，他看上去很强壮，身上的文身比其他人的都大，似乎是那伙人的头，当他溜的时候，其他人都退后给他腾出位置。诚实地说，他溜得确实棒极了，先是快速地转了几圈，然后又背过身子转了几圈，接下来，更是花样百出。很多人呼喊，吹起了口哨，然后，他溜到了荔蜜身边，像很熟悉的老朋友一样，牵起了她的手。荔蜜先是惊讶了一下，然后就欢笑起来，将另一只手也搭在了他的肩上，他带着她，滑动了起来，不时传来荔蜜的尖叫声和大笑声。他望着他们，心中满是酸楚，为自己的笨拙感到气恼。散场的时候，荔蜜的脸蛋红扑扑的，额头上全是汗。他叫她回家了，可她说："你们先回去吧，我和奎哥还有点事。"没等他说话，她就扭头跟胡子男走了。她脑后的马尾高高扎起，一甩一甩的，像涌动的海浪。

情书便是他的主动出击。他知道，他的机会不大了，但这已经是他最后的机会了。他想象了各种情况，但就是没想到荔蜜会当着他的面，把那两页情书揉成一团。他想到这里，似乎感到了心脏被揉捏的疼痛。那是记忆中的疼痛，早已遗失又被唤醒的错觉。

他站起身来，再次来到窗前，此时外面没有火车，只有一片灰褐色的旷野，还有远处朦胧的山峦。他曾经那么痛恨这片旷野、这些荒凉的山峦，他发誓要离开这个地方。他第一次萌生如此强烈的念头，是在那天上午的课间操上。那是溜冰事件过后的三个多月，已经是冬季了，初雪已经下过，很多地方的积雪还未消融。那是耻辱的一天。那几天荔蜜一直请病假没来，他还感到担心，然而那天他才知道她怀孕了。她的闺密在帮她筹集打胎的钱，说荔蜜不敢告诉家里，是住在她那儿。还说，那个男人玩完就不管了，荔蜜可怜得很。学生们也没什么钱，这个五元，那个十元……他掏出身上所有的钱，也才十八元，全部给了出去。他听到有人说，叫荔蜜这种名字，一听就是不正经的，是勾引男人采蜜的。可他知道，这个名字是荔蜜的父亲起的，源自那篇"以小见大"的课文《荔枝蜜》。他还记得荔蜜眉飞色舞地对他说："我爸爸说，虽然没见过荔枝，但知道那是很好吃的东西，是杨贵妃爱吃的东西，更何况是荔枝的蜜呢？"他感到眼睛模糊了。他赶紧起身，一个人来到操场上，寒风钻进领口，他反而感到受虐的舒服。他望着远处的旷野和山峦，流下了蓄积已久的泪水——耻辱的泪水。他为她感到耻辱，也为自己感到耻辱。他不想知道这种耻辱的内涵，他只想早点逃离这种耻辱。

这时，手机响了起来，他一看，是同事打来的。同事急切地问他："去哪儿了，怎么连行李也不见了？"他淡定地说："唉，没办法，还是被当地的朋友给发现了，非要拉走，去他家里住，这是这边的风俗，不住的话会被认为是看不起老朋友。"同事听了，只是笑着说："男朋友还是女朋友啊？"他说："当然是男的，我倒是希望有个女朋友在这儿候着我。"同事嬉笑了起来。他让同事不要管他，有什么事情再联系好了。两个人又贫嘴了几句，便挂断了。

暂时没什么后顾之忧了，他是不是该放手做点什么了？做什么呢？他想找到荔蜜，看看她现在的样子，看看她的衰老，看看她的憔悴，看看她那双明眸中的光变成了怎样的黯淡。她是不会有孩子的了，那次打胎，是在一家没有资质的私人小诊所做的，她的子宫受到了永久的伤害，再也不能生育了。她没有再来学校，她的父母终究知道了这件事情。据说她的父母试图让她转学，但她死活也不愿意，还想跟那个浑蛋奎哥一起做生意（天知道什么鬼生意）。这样的结果便是，把她当荔枝蜜一样呵护的父亲重重打了她，然后把她像囚犯似的锁在家里。从此，关于她的消息，几乎就绝迹了。他最后一次见她是在街上的偶遇。那天下午放学他一个人慢慢在街上走着，忽然发现荔蜜和她妈妈迎面走了过来。他感到紧张，有些手足无措，甚至想一躲了之。但他看到她已经看到他了，她低下了头，过了一会儿又抬了起来。他看得很清楚，她在对着他微笑。他几乎要哭了，不自觉地停住了脚步。荔蜜望着他微笑着，那笑容很单纯，没有任何鄙夷、刻意或是自卑。她一直走到他身边，略微低下了头，没有再看他，但依然保持着笑意。他什么话也说不出来，她也没有说话的意愿，他们就那样擦肩而过。他记不清那天她穿了什么颜色的衣服、梳了什么样的发型，甚至胖了还是瘦了；他能记清的，只有那个微笑、那个眼神。直到他离开这座小城的时候，那个微笑、那个眼神，还在陪伴他。

他戴上墨镜，向外走去，他不能在这里浪费时间，也许小孙等会儿去吃饭，荔蜜就会来换班呢。他打算找个可以持续观察的地点。他打开门，刚刚来到楼道，转身回来，打开行李箱，拿出一顶棒球帽戴上。他绝对不能让小孙认出来，绝对不能。他走出旅馆门口的时候，故意装作要打电话的样子，他看到小孙看了他一下，便继续低头看手机了。小孙应该在看电视剧，那手机发出很嘈杂的声音。

尽管快六点了，外边的阳光还很耀眼。高原就是这样，让你顿时明白黑夜不过是浓重的阴影罢了。在这么明亮的地方，找个隐蔽的点还真是比较困难的。他只得装作散步的样子，向车站广场的方向走去。这个陌生而又熟悉的地方，更加卖力索取着他的回忆，过去和今天的对比变得强烈，让他愈加伤感。他竟然能离开自己长大的地方足足二十年也不回来看看，如今想来自己也未免太狠心了。这是自己的根，就算这个根再贫瘠、再丑陋、再麻木，也还是自己的根，这是无法改变的。自己便是从这样的根中开出的花，能好到哪里去呢？可他与这里完全失去了关系，成了这个子宫的陌生人。他应该摈弃心中混乱复杂的情感思绪，去和小孙开诚布公地聊聊天吗？还有荔蜜，事情过去那么久了，还有什么放不下的呢？说说当时为什么要那么残酷地拒绝他，现在说起应该是让大家哈哈大笑的有趣往事了吧？可能吗？是什么阻碍了他们？时间、地域、社会身份，还是别的什么东西？

他曾经发誓要逃离这里，他成功了，但他现在却怀念起那时候的日子了。都说怀旧是人之常情，可他感到他对这个地方的怀念与众不同，这里似乎打开了心底一块尘封已久的旧世界。那个旧世界与他如今置身的那个灯红酒绿的世界有着完全不同的逻辑，但是依然真实存在，像山脉一样有力地存在，让他觉出了自己的渺小以及虚妄，奇怪的是，同时也令他感到心安。一个被他摈弃的地方让他感到心安，没什么比这更荒诞的了。他站在一棵白杨树的后面，盯着小孙的旅馆，时间一分一秒流逝，阳光开始变得有气无力，然而那旅馆没有任何人进出，黑洞洞的门口像个肮脏的嘴巴不肯闭上。

6

不知道夏阳这小子在床上表现怎么样，看他那青年干部志得意满的样子，没准还能像条发情的公狗一样勇猛。权力是最好的春药，我知道这句名言。我看了太多人上床的样子，快要对那事失去兴趣了。但是，我对夏阳还是很有兴趣的，而且，我要是有了他的视频，以后找他办事就不用思前想后，而是大模大样了。虽然我也不知道要找他办什么事，但他是当官的，总有事情要找他办的。我从抽屉里掏出一沓纸，轻轻揭起第一张，放在桌面正中央。我拿起笔，郑重其事地在上面写下了电话号码。我脑海里想着的是小青，小青真年轻，奶子跟屁股都跟排球似的，咬一口能出水，夏阳一定过不了她那关。领导干部见多识广，我一定要拿出这儿的头牌。我拿着纸条上楼，走到一半忽然有些犹豫：万一我塞的时候他打开门，那我该怎么办？那肯定是很没面子的时刻。但一定不会的，我从没遇过那种情况，人们对这种事情心知肚明。

我塞进纸条便迅速离开了。我打开手机屏幕，看到他惊慌失措的样子，差点笑出声来。看来他高档酒店住惯了，对这种本土方式一无所知。他小心翼翼地捡起纸条，那表情像捡到了什么宝贝，他打开纸条，愣在了那里，过了一会儿他坐在床沿上，把那纸条揉成了一团。他妈的，这个没艳福的夏阳，怎么就那么干脆利落地揉了呢？来这里的单身客从没有这样的，他们都是看了又看，看了又看，仿佛通过反复观看，女人就会自动到来似的。有些人会手指哆嗦着打电话；有些人会掏出手机犹豫来犹豫去；当然，还有那种傻瓜，他们依然看了又看，直到最后，他们还是看了又看。

夏阳这个狗杂种肯定怀有不可告人的目的，他一定是为了荔蜜来的。我一开始就怀疑这一点，但我一直在猜测，不敢确定，现在他竟然这样草率地就揉掉了纸条，我可以百分百确定了。只有心里有了特定的女人，才会这样无视别的女人，这也可以说是一个真理。就像我明明知道荔蜜不会生孩子，还要和她结婚，不也是因为他妈的爱情吗？只是我不好意思说自己的感情是爱情，好像我不配有爱情似的。动物都有爱情，我凭什么不能有？我为什么这么自卑？因为荔蜜没有把同样的感情回报给我，她只是在利用我，我像个傻子一样给她利用。

荔蜜从省城培训回来之后，我还没来得及打电话给她，她就先打给我了，还没说话，就听见她号啕大哭。我问她怎么回事，她哽咽得说不出话来，我以为出什么大事了，赶紧问她在哪儿。她说她过来找我，我说好，赶紧告诉她我的地址。没一会儿，她来了，她说："我从此是个没家的人了。"原来，她和她家人闹翻了。她说她爸不准她开美容院，说那是下流女人才开的。她就和他吵了起来，然后他打了她，这是他第二次打她。我不用问就知道她第一次挨打是为了什么。这个女人真不让人省心。她问能不能暂时住在我这儿，正好可以一起研究一下美容院的事情。我说："你都跟你家闹翻了，还是算了。"她不同意，她说怎么能算了呢，她更要开，还要开出个名堂，证明自己。她说这话的表情，忽然让我觉得自己爱上她是一个无比正确的决定。于是，我让她睡在我爹那屋。突然多个人和我一起待在房子里，我睡不着。我翻来覆去，下边硬得像根铁棍，我犹豫了好多次，要不要过去把她给办了，像她这样已经堕过胎的女人，应该不会拒绝我的。但我终于忍住了，倒不是我良心发现，而是我想起奎亮，有些恶心，有些惧怕，心中的那团火逐渐熄灭了。我有些懊恼，给自己平白无故地找了个麻烦。早知如此，还不如当初鼓起勇气，给夏阳打出那个电话。

第二天，荔蜜早早起来做了早餐，放在茶几上等我起床。我有些受宠若惊，她说这是奖励我的。我轻描淡写地说："你说住在这儿的事？不必那么客气，谁还没有落难的时候。""不是，"她说，"昨晚你是个君子。"我一听，脸红了。她说："我昨晚是穿着衣服睡的，你要是进来，我就跟你拼了。"我一听这话，非常庆幸自己没有轻举妄动。我对荔蜜的好感更多了，我没想到她不是那种随随便便的女人。之前应该是我看错她了。我们吃完早餐，开始认真研究美容院的事情，然后便是选址，购买设备。我们还签了一份合同：我是董事长，她是总经理；我拥有股份的百分之七十，她拥有股份的百分之三十；我每个月还得发给她三千元的薪水。我觉得可以接受。刚刚开业的时候，门可罗雀，我们不得不自己制作传单，去大街上发。晚上的时候，荔蜜的父亲追到我家来，冲着荔蜜喊道："你不要再给我丢人现眼了！"荔蜜吓得躲进里屋，向我求救。如果她爹抓她回去，就会把她锁起来，连个囚犯都不如。我挺身而出，荔蜜她爹根本不把我放在眼里，说："你是哪根葱？我今天要打断你的腿。"我二话没说，一拳打在了他的脸上。他以为我很好欺负，可我毕竟是在矿上干过的，有一股子蛮力，他被我打惨了，直到荔蜜出来求情我才停手。我猜要不是她阻拦我，我可能就把她爹给打死了。我打到后来已经忘记了自己为什么要打这个人了，我只有一个念头，就是要打他，打死他。想起来我都感到后怕。从此，荔蜜的父亲和荔蜜脱离了父女关系，并在八年后的一个深夜死于酗酒引起的心肌梗死。无论如何，我和荔蜜的美容院生意算是做成了。那些传单起了作用，有些中学生跑来做美容，我真想赶走这些正在上学的孩子，但我为了钱忍住了。荔蜜很认真地对待她们，给她们护肤，给她们化妆，教她们穿衣打扮，生意一下子好了起来。

有一天几个小混混进来，说是要收保护费，没想到这世上真有靠这个吃饭的人，以前只在国外的黑帮片里见过。我对这种人一万个瞧不起。荔蜜问："你们老大是谁？"他们说："关你屁事？"就在这时，奎亮进来了，不用荔蜜介绍，我就知道那是奎亮，他留着小胡子，胳膊上全是蓝色的花纹。"奎哥。"荔蜜叫了声，语气平和，仿佛早在预料之中。奎亮也不说话，大大咧咧坐在一张美容椅上。他抽了一根烟，半晌指着我问："那是谁？"荔蜜说："我的老板。""狗屁老板。"奎亮收回了目光，不看我。我捏紧了拳头。"荔蜜，我最近手头有点紧，借我点。""这儿也刚开业，哪有钱？""不借是吗？"奎亮笑了起来，仰头吐了口烟圈。"你要多少？""说的你多有钱似的，一千，有吗？""没有，只有三百。"荔蜜掏出钱，递了过去。奎亮接过钱，打了个响指（指头是焦黄色的，肯定是个烟鬼），说："乖，改天一起溜冰去。"荔蜜的表情有些复杂，奎亮伸手把她的头发弄乱，带着那两个小混混走了。

  我发火了，他们走了我才发火，我很鄙视我自己。因而我的火气更大了，为了刚才的羞辱，也为了现在的自己。我不明白荔蜜为什么要借钱给他，先不说荔蜜有没有钱，我觉得荔蜜就算把那三百块钱丢给乞丐都不该丢给那个畜生，他对荔蜜做了禽兽的事情，居然还可以如此理直气壮，我也见识到了人性的丑陋。荔蜜为什么要屈服于这样的人？难道她喜欢这样的人吗？我直接问了她。她捂住脸，只是哭，逼得急了，才说了句："我也是鬼迷心窍了。""你还喜欢他吗？""不，不，我不再是过去那个傻乎乎的中学生了，我长大了，知道是非了。"她这样说，我的心又软了。但是，第二天，荔蜜却真的去旱冰场找奎亮了，我偷偷跟踪她，看到奎亮去搂她的腰，她挣扎了一下就屈服了。我对荔蜜彻底绝望了。这是个婊子。我在心里狠狠骂她，我没法制止她，因为我不是她的什么人。我们只是合伙人关系。只要她能给我赚钱，她干什么我都管不着。

但那天晚上荔蜜主动来找我聊天，说她去找奎亮了，没别的意思，就是想和过去告个别，跟他好好聊聊，让他以后不要再来烦她了。"唉，你都不知道他溜冰的时候有多帅，我也就是因为这个才鬼迷心窍的。"她最后这样总结道。

"帅个屁，这个县城最烂的人就是他了。"我借机一吐心底的怨怒。

"是的，烂人。大烂人！人渣！行了吧？！"

听荔蜜这样说，我的心情又好了些。但奎亮阴魂不散，并没有像荔蜜说的那样，从此井水不犯河水，他依旧厚着脸皮隔三岔五来变着花样要钱。有一次，我实在忍不住了，抓起一把剪子就往他脸上扎去，荔蜜扑过来抱住我的胳膊，奎亮才逃过一劫。荔蜜事后解释说为了那样的人害自己去坐牢，不值得。我觉得她说得自然在理，但第二天，我还是偷偷买了一把猎枪和一盒子弹，我决心总有一天我要让他死在我手上。就在这个想法产生的一周后，却传来了奎亮被捕的消息。他在溜冰场打架，拿刀把对方捅成重伤了。我心里一阵后怕，我似乎觉得那个伤者原本会是我。后来，法院判了奎亮有期徒刑十年，我大大地松了一口气。我和荔蜜之间终于摆脱了那块臭石头。旱冰场也被查封了，小城里再也没有给混混们装腔作势、自以为是的表演提供道具的可笑地方了。

奎亮入狱的第二年，小城的大妈们终于决定赶时髦了，美容院的生意更上一层楼。我趁机向荔蜜求婚，我说我们好好过日子吧，她几乎不假思索地答应了。而后，她第一次非常认真地看着我的眼睛，说："可惜我不能给你生个一儿半女的，你能接受吗？"我有些想哭，说："我们的爹妈不负责任，才让我们活得这么憋屈，我可不想再干同样的蠢事了。"荔蜜抱着我，哭了。那晚，我在荔蜜的身子上折腾到了天亮，她隐忍着，没有一丝半点的拒绝。我对她说我爱她，愿意为她去死。她说她不要我死，我们好好活着。

漫长的日子开始了。小城里出现了第二家美容院，然后是第三家、第四家……小城的人都是一根筋，觉得什么生意好便一拥而上，完全不管什么市场饱和不饱和的，几年下来，我们的收入刚刚能维持成本。荔蜜开始愁眉不展，为一点小事便对我找碴儿发火。我对她也觉得不再新鲜，尤其看到别人带着可爱的小朋友，我会感到强烈地难过，后来，我在荔蜜面前也不再掩饰这种难过。

7

太阳落山后，黑暗像蚯蚓一样从四周爬过，天边形成不规则的光影，只有头顶正上方能看到太阳的余晖，但很快，那点余晖也消失了，就像墨汁洇满了整张白色的宣纸。他靠着树，快要变成树的一部分了。街道两侧的路灯没有亮起，与他生活的省城完全不同，这里的黑暗似乎有种更加坚硬的质地，不像省城的黑暗似乎轻飘飘的，可以轻轻松松就被灯光给赶得远远的。他被这种变硬的黑暗压迫着，有些慌乱，旅馆的门口黑得像一块打开的黑布。小孙怎么不知道开灯呢？就那么黑灯瞎火地坐在原地不动吗？难道是为了省电？世上有这样开旅馆的吗？他有点心浮气躁了，骂人的冲动频频涌出。

终于，旅馆门前的灯亮了，像揭开了黑色的门帘，他可以清楚看到内部的情形了。坐在那里的人影似乎变成了一个女人，那浓密的头发在灯光的照耀下像闪着光泽的煤，如果是小孙，脑袋一定会像瓷器一样闪着亮光。那个女人是荔蜜吗？他的心猛然跃动，像被缠着项圈的狼狗忘记了锁链而用力跳跃，然后脖颈被拽得生疼，差点窒息。他之前幻想的思绪忽然面对着真实的世界，他感到虚弱，仿佛幻想变成了现实，而自己变成了幻想。他蹲了下来，两条腿因为久站而麻木，他焦虑地揉捏着小腿，希望能快速恢复体力，还有智力。他必须有个决断了：要不要联系荔蜜，还是就像对待小孙一样，扮成陌生人好好看上一眼就足够了？

忽然，电话响起，是小璐，他的妻子。他在这一瞬间产生了极为复杂的心情，他在这天的冒险行程当中竟然可以完全忘记自己是个已经结婚的人，他对此深感疑惑。他甚至在此刻开始怀疑自己到底有没有结婚，到底有没有一个刚刚上幼儿园的儿子，如果有的话，为什么他可以忘记他们这么长时间。他接通了电话，妻子小璐问他在干什么，他说："没干什么，在外边散步呢。"小璐说："儿子说想参加乐高班，你觉得呢？"他不知道那是什么东西，小璐解释说那是一种积木玩具，可以跟其他孩子一起搭积木玩。他有些生气，不大理解搭积木还要参加兴趣班。

"多少钱？"他耐着性子问。

"不贵，一堂课八十。"

"这还不贵？"

"你知道一套乐高游戏多少钱吗？四千元！"

"他不可以自己玩普通的积木吗？"

"那不一样，乐高玩具可以从小培养孩子的科学能力。"

他把电话举在半空，小璐的声音变得很细碎，像电路板故障的杂音。小璐在教育局工作，他们是相亲认识的。当得知小璐是湖南人的时候，他对她的好感一下子多了起来。对曾经那位湖南女孩儿的记忆已经稀释得没有什么滋味了，但是她给他形成了一种情感惯性。他对此有着清醒的意识，可他不为这一点感到焦虑，反而当作是一种补偿，一种岁月产生的循环往复的补偿。但这种补偿事后看来是得不偿失的，他们在性格上有着极为鲜明的差异，隔三岔五都会因为很小的事情大吵起来，每一次吵架，都让他积累着分手的勇气，但到了他快要下定决心的时候，她怀孕了。他只能继续忍受，能让他忍受的不是她变成了一个笨拙的、需要怜悯的孕妇，而是源于他对她腹中孩子的好奇。他想见到自己的孩子，他被想当父亲的情绪羁绊。一晃，这么多年过去了，这些年来他可曾想到过荔蜜？那是很少很少的，做梦倒是梦见过几次，梦见的都是不开心的瞬间。荔蜜冷冷地看着他，把他的情书揉成了一团，仿佛那其中有一种仇恨。荔蜜恨他吗？如果恨，为什么恨？他们曾经那么要好，那么聊得来，难道那些欢乐都是虚假的吗？他摇摇脑袋，这些问题就变成碎片消失了，潮水一样的生活重新拍打过来，他像一条灵活的鱼，游向了快乐多彩的地方，他觉得很多时候自己是真真切切乐在其中的。

"喂，你在听吗？"

"在听，"他把手机放回耳边，"那你先带儿子去上一节课体验一下，其他的等我回去再说吧。"

"如果我觉得不错，就报了啊，现在报一学期有折扣。"

他最讨厌小璐的就是这一点，他已经让步了，可她对他的话却置若罔闻，继续自行其是，他觉得自己婚姻不幸福的根源都来源于她的这种性格。他无法进一步爱上她，他觉得她的本质庸俗不堪，缺乏情趣。他唯有把自己的心思全都花在仕途上，他原本并不喜欢那样的东西，但是他尝到了权力的滋味就欲罢不能。最近距离的体验来自小璐的父亲，居然正好在他下属的一家事业单位上班，他年纪轻轻却成了自己岳父的上级。岳父作为老一代人对权力更是顶礼膜拜，因而对他这个女婿的态度也是赞赏有加。如果他和小璐的争吵闹到了岳父那里，挨训的总是小璐。娇生惯养的小璐很不习惯这样的转变，为此哭过好多次。慢慢地，他们吵起架来他越来越占据上风，看到小璐可怜的样子，他又心软了，他开始学着克制。他不想把自己惯坏了，变成一个蛮横无理的人，变成一个自己讨厌的人。但他还是无法原谅小璐，她把生活完全变成了漫长沉重的煎熬。但是，荔蜜不同，因为荔蜜的性格是模糊不清的，也是不用在意的。荔蜜只是荔蜜，她是一个远方的女人，一个记忆中的女人，一个带给自己深深痛苦的女人，一个漂亮到了抽象的女人，一个可以召唤回过去时光的神奇魔女。他现在就要去寻找这个女人，他现在就要不顾一切地召唤回那已经逝去的、永远不可能回来的过去。他觉得如果自己再不任性一回，跟一个稻草人就没有什么区别了。

"你随便吧。"他挂了电话，还不解气，直接关了机，觉得这个世界终于回归了宁静。他终于摆脱了那些看不见的重负，只身来到了此时此刻，一个陌生却奇妙的时刻。他觉得自己是活着的，觉得生命的感觉充满了自己的每一个细胞，这样的感觉似乎有些久违了。

他戴上墨镜和帽子，向旅馆走去，他还没有想好以怎样的方式来接触荔蜜。小城入夜之后，街上几乎没什么人影和车辆，像一座废弃的遗址，他盯着那旅馆传来的昏黄灯光，觉得亲切起来。但他越往前走，越是觉得那光似乎是有弹性的，每走一步都要费好大劲去推开那光的压力，才能挤进那光里边去。等他走到旅馆门口，整个人都气喘吁吁、大汗淋漓了。

他一眼就认出那个女人，正是荔蜜。这么多年过去了，小孙的头发已经脱光了，但是，荔蜜还像个少女似的，保持着少女的体态，尤其是她的肩膀，还是那么瘦弱，令人怜惜。她穿着粉红色的短袖、淡蓝色的牛仔裤、白色的旅游鞋——再普通不过的装扮。就是这种普通，凝滞了时光，似乎什么也不曾改变。她的脸居于光线的中央位置，过于明亮而看不清五官的细节，但她的轮廓真的没有丝毫变化，她没有随着时间流逝而变得臃肿，她仿佛就是过去的那个她，只是时空错位，她出现在了这里。他被震撼了，他完全没有想到会是这样的情况，他以为他要面对的是一个小城的怨妇，他要透过那层衰老的镀层才能看到过去的那个人。他几乎一步也走不动了，他站在旅馆的门口，像一个一无所有、精疲力竭的乞丐。荔蜜抬起头来，望着他。这时，他看清了她的五官，尤其是她的眼睛。最让他念念不忘的那双眼睛完好无损（他心中念叨的就是这四个字）地望着他，他感到的是锥心的绝望。仿佛这奋斗了二十年的光阴忽然在这双美丽眼睛的注视下失去了重量，变得像天边飘过的几缕云彩。这其中也包括仕途上的各种春风得意，那些权力的快乐似乎短暂得不值一提，甚至在这双眼睛的注视下变得虚弱无力，犹如一头巨兽被掏空了全部的内脏，四肢只能颤抖着轰然倒地。他没有想到事情会变成这样，他准备好面对各种情况，唯独没有想到的就是眼前这种状况。他感到了慌乱和懊悔。

他摘下墨镜，叫了声："荔蜜。"

荔蜜认真看着他，然后略显平静地说："夏阳，你来了。"

"你还好吗？"

"就这样，你都看到了。"

"你几乎没什么变化，还是那么年轻。"

"你很老吗？"荔蜜微微笑了一下。笑的时候眼睛成为一对月牙，和记忆中的一模一样。

"不敢说老，但也不敢说年轻了。"他斟酌着说。

"你是住我们这儿？"荔蜜不加掩饰地笑了起来，类似知晓了什么秘密的那种笑。

"哈，是的，住你们这儿，为了找你。"他觉得不需要再找什么借口了,便直率地说道。

"找我做什么?"她说完嘴角微微向下撇了一下。尽管荔蜜的样子变化不大,但是她的声音还是有了点沧桑,语调也多了在社会上摸爬滚打后的调侃。

"还能做什么?聊聊天呗,那么久没见了。"他干脆也用一种轻松的语气去应对。

"听说你在省城混得挺好的。"

"哈,谁说的?就那样,马马虎虎。"他笑了笑,身体往前倾斜了点,右手撑在了桌子角上。荔蜜这样说,让他的心情稍微平复了一下,那过去二十年的重量能恢复点了。

"小孙呢?去哪儿了?"他警觉地问道。

"他?回家了吧,我们是轮流值班的。对了,你今天不可能没见到他啊!"

"嗯,"他含混了一声,说,"没想到你和他结婚了,做梦都想不到啊。"他感慨道,直截了当。

"谁能想到呢,我自己也想不到。"荔蜜看着他,眼睛里流露出了真诚。那双眼睛让他的二十年重新失去了重量。在这一瞬间,他甚至觉得是自己对不起她的,但他转眼就记起来了,当初是荔蜜残酷地拒绝了自己,她现在所承受的这一切和自己毫无关系。他是自作多情地想拯救她吗?这样的意愿来自快被遗忘的初恋，还是别的什么情愫？他无法理清楚。

"想不想散散步，聊聊天？今晚有风，还很爽快。"他觉得他站在她面前，她坐在那张可笑的桌子后边，是没办法进一步聊下去的，他们被自己的姿势和位置给束缚住了。他觉得散步是最舒服的运动，是最自由的方式，可以让他们从那些束缚中解脱出来。他们走累了，还可以找到一间咖啡店——如果小城晚上没有类似的地方那就去烧烤摊，喝上两杯啤酒，什么都会变好的。

"夏阳，"荔蜜看着他，"回去吧，这不是你该来的地方。回去吧，现在就回去，不要让大家难堪，不要把这一切弄得可笑起来。你现在上去收拾行李，我可以送你去车站。回去吧，回省城去。"

他没想到她会说出这样的话来，这样的场景和当年揉皱情书的残酷如出一辙。她为什么总是这样对他？他想大喊大叫；他想把面前这张丑陋的桌子掀翻在地；他想把她拉过来，抱在怀里，盯着她的眼睛，在她的耳边质问她这一切究竟是为什么。然而，他只是站在原地，当年他都可以镇定应对，更何况是二十年后的今天。二十年的岁月钻进了他的身体，渗透到了他的骨骼和灵魂，终于发挥了作用，他觉得自己竟然还微笑了一下,不知道她有没有看到。这个微笑从遥远的记忆里浮起,绽放在此时此刻他的脸上,在一秒钟后归于无限的沉寂,永远也不会再回来了。

"也好,那我先上去。"他点点头,走上楼。当他背对着她的时候,他感到那光的压力又出现了,只是这一次是从背后推他,他都感觉不到自己的腿在使劲就已经登上了二楼。他掏出钥匙,打开房门,赶紧钻了进去,把那光挡在门外,整个人才松弛下来。有什么好收拾的呢?只有一个提包孤零零地躺在那里,像一条被遗弃的黑狗。这时,又一列运煤的火车驶过,窗户产生了共振,开始了诡异的颤抖。鸣叫的汽笛音在变得尖细后降落下去,像从空中往下跳伞,一直向下降落,一直向下降落,不知道会降落到哪里,不知道要降落到哪里,心里实在揪得难受。地面在哪里?人不能和地面失去联系。

8

你看着夏阳觉得这个人变化很大,他曾经是个腼腆的人,而你不喜欢腼腆,他的腼腆已经变成了一种深不可测的城府。你曾经特别想激怒他,想看看他生气发火的样子,但你没能成功。你也不知道为什么你对他会有这样的念头，你对其他任何人都不会有这样的念头。你有些害怕他，你似乎想逃离他，尽管你和他待在一起曾经有说有笑，也挺开心。你也知道他有多么喜欢你，但你还是想逃离他。那么多人喜欢你，可你对别人可没那样的想法，这也是奇怪的事情。他是个优秀的人，在人群中显得与众不同，他的成功是不用怀疑的，他以后还会有更大的成功。你向往那样的成功吗？也许是的，但你似乎更怕那样的成功。那样的成功让你感到不踏实，仿佛是站在云朵上，一不小心就会掉下来被摔得粉碎。你活在离地面近的地方觉得踏实，只是你在这个世界上太孤独。你当然知道你是个看上去傻乎乎的、毁了自己生活的女人，但没有人知道你是被那个畜生强奸了，你没法去跟任何人说这样的话。说这样的话就是被无数人再强奸一遍，你只能装作是心甘情愿的样子，别人也就不好说什么了。如果再勉强自己往那畜生身上投射一些幻想出来的情感，那样强奸也就不再是强奸了。其实你的人生无所谓毁不毁，你最讨厌的是你的这张脸，你知道这张脸有多么漂亮，这让你在这小城里太过突出。而你并不是个愿意突出的人，你愿意像尘土那样很低很低地活着。直到今天你重新看到夏阳才想到，如果，你站在夏阳身边，那你的这张脸应该就显得没那么突出了。你之前怎么没想到呢？如果当年答应了夏阳的感情，自己真的可以做他这个太阳身边的尘土吗？你之所以没有答应，难道是因为自己并不愿意做尘土，即便做尘土也要做尘土里闪闪发亮的砂金？你是不看重自己外表的人，尽管你从事美容行业，天天在自己脸上捯饬，让自己的脸变得更加突出了，可你还是认定自己活得开心最重要。但你显然失败了，那些曾经的开心现在想起来都觉得让人害臊，因此你也很少去想了。你也没有任何希望了，不抱希望也就没什么失望，也许这才是最好的选择。幸亏奎亮被抓起来了，但他总有被释放的那一天，为什么不直接枪毙了他呢？如果没有奎亮，你一定会生活得比现在更好。如果没有奎亮，你一定会生活得比现在更好吗？你未必会比现在生活得更好，因为没有他那样的肮脏和丑恶，你依然还会向往夏阳那样的光明，而那是注定要失败的，是要承受更大的不幸的。如果向往光明而无法得到光明，或是被光明丢弃，你没有勇气去忍受那样的羞辱。那比强奸更残忍。什么也无法改变了，你希望你死在这座小城。夏阳不该来这儿，他来这儿太可笑了，他竟然是为你来的。你被他搅扰得心神不宁，你完全想不到他这样做的理由，你几乎没有想起过他，他不属于你这个世界，他应该赶快回去，回到他的世界里去。至于你自己，宁愿就这样死在这座小城里。你觉得这样的归宿可以了，人还能有什么更高的指望吗？你的奶奶笃信佛教，每天念经向往西天极乐世界；但你念不进经文，也信仰不了神佛，你只能像昆虫那样活着，然后像昆虫那样死去。你只有俯首认命，甘心情愿。

9

我早就料到夏阳这狗东西会有所图谋，没想到他这么快就行动起来了。他又戴上了棒球帽和墨镜，一副神不知鬼不觉的傻样。他走过我身边的时候，我看了他一眼，他脸后边掩藏的笑意没有了，是一种害怕和慌乱。他太明显了，他不是一个好演员。按道理，他是在官场上混的，不该这么逊，喜怒不能形于色这个简单的道理他妈的连我都知道。除非，除非这家伙要干的事情太猛了，已经超出了他能忍受的范围。他究竟要干什么呢？这个问题让我焦虑，我盯着手机屏幕，电视剧里的人吵来吵去，我一个字都没听进去。我不断地抬眼望他，他装作散步的样子，走得很慢，但我一眨眼，再看，他还是不见了，不知道去了哪里。我没有勇气去寻他，我怕他只是躲藏在哪儿偷看这里，那样我匆匆忙忙去寻他就会立刻被他识破，那么他肯定会另做打算。我是有点害怕他要干的事情，但是我更好奇他会干些什么。二十年了，这样的一个人重新出现，你无法不产生好奇，即便你知道这种好奇很有可能是致命的。

荔蜜等会儿就要来换班了，然后我去吃饭和休息一两个小时，一般情况下我都不会让她坐在那里抛头露面太久的，她的那张脸总是让那些男人的目光扫来扫去，没完没了，甚至还有男人以为她也是做那个的，电话打到前台找她去房间，这种尴尬倒是没什么大问题，我所担心的是万一她哪天真的去了呢？哈，这种想法是有多么卑鄙无耻，我是永远也不会让她知道的。可我没办法，我对她有一种根深蒂固的怀疑，她可以跟奎亮那种烂人鬼混在一起，还有什么事情做不出来呢？尽管我现在做的事情也上不了台面，在客人眼里我也许是个不折不扣的皮条客，但我还是有基本的尊严和底线，那就是自己的老婆可不能陷进这个泥塘里边变成"一只鸡"。那样的话我觉得自己这辈子的生活就彻底毁掉了，那比现在赚不到什么钱要可怕得多，是我心底的噩梦。

我看到荔蜜从美容院的方向走过来了，现在那里的顾客越来越少，来的都是上了年纪且不会打扮自己的乡下人，她们跟着挖煤的男人来到这座小城，也想努力变成城里人。可是她们兜里没几个钱，也知道自己的男人挣的是血汗钱，想从她们身上抠出一点钱来可真不容易。有些美容院招了年轻小伙子给大妈做暧昧按摩，有些美容院引进了高级仪器给有钱人做各种调养，我们还是原地不动的样子，用的是荔蜜十几年前从省城学来的那套玩意儿。奎亮出狱后，剃了个光头，从一个小混混变成了地道的犯罪分子形象。他又来找荔蜜，不过他这次表面上客气了好多，他建议我们把美容院改造成一家休闲会所。"什么休闲会所？妓院吧？"荔蜜大声喊道，我从没见荔蜜那样生气过，她的脸扭曲得吓人，几乎像个失控的洗衣机那样浑身上下震颤个不停。她后边对奎亮说的话我一个字都没听清楚，她嗓子沙哑得跟临死的鸭子似的。奎亮那孙子欺软怕硬，那次真被荔蜜给镇住了，脸上露出猥琐的笑容，像在死命掩饰自己是一个草包的事实。我当时就想我总有一天会一枪崩了这个狗日的东西，像这样的东西，难道还有资格存活在世上吗？从那天开始我见了奎亮就变得没那么怕他了，我之前的确是个懦夫，是荔蜜给了我勇气，所以我打心眼里感谢这个女人。这个女人就算有很多问题，但那都过去了，她身上有我敬重的地方，但我一时半会还想不清楚那究竟是什么。那不单单是对奎亮发火这么简单，她比我对活着本身更有想法，我和她过日子，还是会觉得比和其他任何人待在一起要踏实得多。如果下次奎亮还敢那么在荔蜜面前嚣张，那么我绝不会让荔蜜冲在前面，我一定要做一回男人，我可是在矿里玩过命的人，像奎亮这种厌包怎么和我比呢？他对生活到底有什么了解？我越想越觉得他令人可笑和恶心。

但还没到时候，还没到时候。谁知道我和他还有了合作呢？他在荔蜜那里碰了一鼻子灰，没想到把主意打到我这儿来了。我和荔蜜那会儿已经入不敷出了，眼看着我们就要走到绝境，我甚至想我是不是又得回到矿上去挖煤了，但荔蜜对我说："你的房子位置还算不错，离火车站比较近，可以考虑开个旅馆。"我想了想觉得这个主意不错，我说："可是空间太小了，住不了几个人。"荔蜜说："我已经注意观察了，左邻右舍没有一家是喜欢这儿的，我们凑点钱，全部买下来吧，实在不行租都行。"就这样，我们一点点将整栋小楼都租了下来，但入住的客人不算多，能住这里的都不是有钱人，我们只是做到了不会被立马饿死，但离攒点钱做自己喜欢做的事情这么简单的目标都还很有距离。奎亮有一天趁着荔蜜不在来找我，我看见他感到巨大的恶心，尤其是那泛着黯淡蓝光的文身，像是市场上出售的猪排。他神神秘秘地说介绍一个小妹给我认识，然后果然有一个年轻丰满的小妹从他身后跳了出来，好像变戏法似的。我除了荔蜜从没碰过别的女人，因此我当即被欲望烧昏了脑袋，我甚至都没看清那个小妹的五官，只看到她沉甸甸的胸部就和她滚到了卧室的床上。完事之后，我感到女人都差不多，便有些后悔，以为花点钱给奎亮就能把事情给解决了，他不就是冲着钱来的吗？可奎亮不收我的钱，还和我称兄道弟，推心置腹，提出了他想和我合作的计划，那就是在旅馆里增加一个服务项目。他说："你肯定没去住过旅馆，现在哪个旅馆没有这项服务呢？"我的确没出门住过旅馆，我曾经差点去找夏阳，如果那次成功了，我肯定就住了旅馆，就能够判断奎亮有没有骗我。可现在我没办法判断，我只能相信他，我觉得这应该算不得什么大事。主要是他跟我算了一笔账，吓我一跳，这样好的收入要不了几年我就能做我想做的事情了。虽然到底是什么样的事情我还没想好，但我朦朦胧胧地知道，我应该离开这个鬼地方一段时间，去其他地方看看。不用说，在这个计划里，一定少不了荔蜜。

那件事只能放手让奎亮去做，因为那件事做起来还是脏兮兮的。奎亮没有经过我同意就在每个房间安装了针孔摄像头，他说他不是变态，而是为了生意，这些视频可以卖到国外的色情网站上去赚钱。我搞不懂这个，只能由他去了，反正我觉得这事也挺好玩的，不然我的生活也太没意思了。谁没有偷看别人的欲望呢？只要不伤害别人，只是那么安静地看着，我想应该是没什么问题的。这件事我一直不敢告诉荔蜜，寻思着以什么方式让她容易接受，但我还没准备好，就被她发现了。她说："你在鬼鬼祟祟地搞什么呢？"我赶紧一五一十地告诉她，做好了她会暴跳如雷的准备。谁知道她冷笑了一下，说："真变成妓院了。"然后任我再说什么，她都一言不发地坐在那里，以这种沉默的态度接受了事情的发生。我无法理解她，我猜测她之所以能接受是因为她并不爱我，因此我的所作所为她不想去搭理吧。她这样的态度像烧红的煤炭灼伤了我的心，如果她能大喊大叫起来，也许我会立马跪在她面前，恳求她的原谅。但她如此冷漠，和当初奎亮想改造她的美容店时的反应真是有天壤之别，我作为报复只得心安理得地继续干下去了。只不过，在此之前我们过段时间还能睡上一觉；但在此之后，她拒绝我碰她，好像她已经知道了我的丑事。我只能继续找那些小妹们满足自己，这样的结果便是我发现自己越来越爱荔蜜，因为我的心越来越难受。

荔蜜走过来，我生活中唯一有价值的东西都在她身上，我每次看到她走向我都会感到异常幸福。她向我走来，而不是向别的什么人走去，这比嘴巴上说出的爱更加直接。我坐在这里像条看门狗一样百无聊赖，每天最大的希望似乎就是在等待这一刻的到来：她向我走来，虽然她看我一眼之后就不再看我，不知道她在看着什么、想着什么，但她依然向我走来，像走在我的心上，我的心被她的脚一下一下踩着，我觉得特别踏实。如果时间可以像电脑视频那样能够操作，那我就把这段时间设置成循环播放，然后不吃不喝死在这段时间里也心甘情愿。

今天荔蜜上身穿了一件粉红色的短袖，下面是淡蓝色的牛仔裤、白色的旅游鞋，再普通不过的装扮。幸亏不是裙子，她有一件吊带的花裙子，穿上之后我的眼光就像被胶水给粘住了一般，无法从她身上挪开。她幸好没穿那件。如果穿了那件我一定会找个借口让她离开，我不会让夏阳那个小子见到她的漂亮的，"风韵犹存"会让男人重新疯狂起来。今天她这么普普通通的样子在夏阳这个省城的国家干部眼里一定算不得什么，夏阳看到曾经喜欢过的人变老了，变丑了，变得毫无光彩了，也就不再惦记着了，这对大家来说都是一种解脱。荔蜜站在我面前，看着我，那眼神让我赶紧离开。要在以往，我马上就离开了，我从骨子里希望顺从这个女人；但今天不同，今天夏阳这个龟孙子不知道怀揣了什么鬼主意。我的嘴巴在荔蜜的注视下张开，动了动，说出了无声的话语。我很想告诉荔蜜，夏阳来了，但我不知道这样做的后果。我是个保守的人，我不想自己在里面起到什么作用。也许我什么也不说，当荔蜜突然看到夏阳的时候一定会感到惊讶和害怕，便会非常讨厌夏阳；要是我说了，反而让她有了心理准备，或许还有了别的什么心思。这么一想，我打定主意，赶紧闭上嘴巴，缓了口气，像往常一样，望着她笑笑，问她今天好不好，晚饭吃的是什么。她用几句话打发了我，我看她坐在那里，便走开了。

我当然并没有去吃饭，这可不是吃饭的时候。我绕到了不远处的铁路大厦，我认识那儿的门卫，跟他打了个招呼，说想上楼顶透透风，抽支烟。"把烟头带下来。"他说。像他这么认真负责的门卫如今真是太少了。我乘电梯来到楼顶，这楼并不算高，只有七层，但站在这里望着我的小旅馆还是非常清楚的。我看见夏阳从一棵树后面突然出现，我就知道这个该死的家伙一直藏在那里图谋不轨，幸亏我当时没有跟出来。他朝荔蜜走去，他没有戴帽子，也没有戴墨镜，他已经卸下了伪装，准备去和荔蜜见面了，我的猜测真是一点也没有错。我看到他站在门口，看上去像一道不规则的阴影，我看不见荔蜜，就算能看见，我也看不清她脸上的表情，我还没那么好的视力。我应该准备一架望远镜带上来，可我完全没有时间去准备这个。过了一会儿，不知道是不是过了一会儿——因为我心里乱得已经没有时间感了，也许他们聊了很久——不论如何，夏阳忽然上楼去了，然后，他带着行李下来了，荔蜜站起身来，跟他一起走出了旅馆。他们并排走在一起，夏阳外侧的那只手提着行李箱，他内侧的手看不清楚，感觉他们挨得很近，也许手牵着手。他们向火车站的方向走去，看上去就像一对去远方旅游的情侣。他们绕过那棵树，走进了火车站的广场，走出了我的视线。我的眼前只剩下黑暗和荒凉，我心里也一样，我开始后悔刚才竟然给他们创造了见面的机会。但是，如果他们是提前约好的呢？看他们自然顺溜的样子，如果说他们已经为此精心准备了很久很久，那是一点也不出奇的。那样的话我还有什么后悔不后悔的。我此前经常会担心奎亮会把荔蜜从我身边抢走，可我发现荔蜜其实并不爱奎亮，她和奎亮有过那档子事完全是她年少无知造成的。有些女孩子纯真无邪，可就是会突然间喜欢上一个烂人，以为那样放荡不羁的世界很精彩，最后才发现那个世界充满了可笑的愚蠢。可这个时候时间已经不能倒流了，那种可笑的愚蠢就会跟鬼魂似的待在她们记忆里，让她们开始没完没了地嫌弃自己。我想荔蜜就是这样的，我是多么理解她，可我无能为力，我所能做的都已经为她做了。夏阳还可以为她做更多的事情吧？那是无疑的。但我怎么办？荔蜜离开后，我的眼里和心里都是黑暗和荒凉。我吸了一支烟，想到了我为奎亮的最终结局所准备的那把猎枪，我把烟头从楼顶丢了下去，然后转身下楼，向家，也就是旅馆走去。我脑袋里满是对荔蜜和夏阳在一起的各种想象，我以为我的脑袋早就跟混凝土一样迟钝无感了，可现在这种丰富多彩的想象让我的脑细胞变得异常活跃，那些戈壁滩样的麻木开始松动起来。我在被这种想象压垮的同时，也变得像个真正的人那样深邃起来，仿佛一下子摸到了人活着的最本质的那道坎儿，我竟然还想起了中学时语文老师在课堂上讲的几句话："当星星在高处闪耀时，蚯蚓却在底层悄然泯灭；可星星的光芒，也曾照耀过一条微不足道的蚯蚓。"我不能肯定自己的记忆是否准确，尤其是后半句，充满了失败者的自我慰藉，很可能是我自己的潜意识杜撰的，但管不了那么多了，我充分觉得自己就是一条不折不扣的蚯蚓。我想钻进地下去。我第一次觉得曾经采矿的黑暗地下原来才是最安全的。

10

那就这样走吧，在这刚刚结束的黄昏。他站在窗前，看到运煤车呼啸着远去，黑色的车身完全融入了夜晚的黑暗之中，他打开窗户，向远处尽力望，想看见远处的山峦，但是除了一团团的黑暗，什么也没看到。过了一会儿，几点移动的灯光出现在黑暗中，那是汽车还是火车，他无法分辨，他只是觉得那黑暗仿佛很黏稠，因而阻力很大，灯火移动得相当慢，和他此刻的心情一样。就这样走了吗？空气中怎么充满了黏稠的滞重，让他连一个转身都变得如此困难？他深深吸了一口充满煤灰气息的空气，仿佛把这里残留的记忆通通吸进了身体里，然后，自己与这里便再无关系。

他提起行李，向外走去，好像把自己硬挤进什么看不见的东西里去。他来到楼下，看到荔蜜站在那里，而不是坐着，她一直站在那里等他，想到这一点他的心似乎感到了一层温暖。她看到他下楼来了，甚至还冲他微笑了一下，仿佛他们是约好一起去什么地方旅游。这样的想法让他非常乐意离开这个破旧却充满了象征的小旅馆。他们一起来到街上，两个人什么话也没有说，便向火车站广场走去。他不知道该说些什么,也不愿说些什么,努力保持着那种一起去度假的幻觉。他故意和她挨得很近,胳膊都触碰到了一起;但她并没有躲开,任他们的身体紧挨在一起。他想牵住她的手,却一直犹豫着没有行动。

"去省城的车很多的,这里有百分之九十的车都会路过省城的。"荔蜜像个导游一样向他说道。

"是的,我知道。"他这样说完有些后悔,他应该让她继续说。

"我曾经在省城上过美容培训班,还想找过你呢。"荔蜜不看他,看着候车室的方向。

"我完全不知道,"他抱歉地看着她,"要是知道的话我肯定去找你了。"

"你找我干什么?"荔蜜依然没有看他。他们并排站在候车厅门口的一侧,有了送别的氛围。

"找你……都是老同学,为什么不能去找你?"他有些尴尬。

"我那样伤害过你,你为什么还要找我?"荔蜜回过头来看着他,他看到她的眼睛里似乎蓄满了泪水,亮晶晶的,但周围光线比较昏暗,他不敢确定。

"那都过去了……是的,是有些伤害的,但是,我总会想到你，觉得你那样做也许有别的什么原因吧。"他想找个台阶，让大家都下去。

"没有什么别的原因，我自己都不知道什么原因，也许……也许是我觉得你太好了吧。"

他觉得眼泪就要掉下来了，他觉得自己心底隐隐的一种感受终于得到了证实，那就是荔蜜并不讨厌他，甚至还认为他太好了。他有些喜出望外，就像含冤被监禁多年的囚犯终于看到了昭雪的希望。他一时不知道说什么，只是上前一步，想要轻轻抱住她。

但她推开了他，说："不过，你的好跟我没什么关系。"

他愣了一下，沉冤得雪的希望瞬间面临破灭，他无法甘心，感动与愤怒夹杂在一起，终于使得眼泪掉了下来。这让他看上去伤心欲绝。

"这么多年过去了，我还想着你呢。"他用力盯着她的眼睛，如果那双漂亮的眼睛里真的有泪水，那么他觉得自己的目光就会像电流一样进入她的心底。

"说真的，我倒是没怎么想起过你，"荔蜜扭头不看他，她看着大厅里边，"我有我的生活，你也都看到了，虽然就这么回事，但毕竟是我的生活，我得度过里边的每一天。"

"那你过得开心吗？我觉得你并不开心。"他听出了她的软弱，就像登山找到了把手，他要乘虚而入，让她不得不更多地敞开自己。

"让你看到我这样，你应该会高兴的吧，当初我还那样对待你，现在是这样的下场，你这次回来就是寻思报复的吧？我觉得你的目的达到了，看到我们还可悲地活在这个世界上，你满意了吗？"荔蜜再次盯着他看，眼睛里的泪光没有了，因为眼泪流了出来，脸颊上湿漉漉的一片。她也并不擦拭，似乎对哭泣毫无感觉。

他右手紧攥着提包，全身都绷得紧紧的，像一把直立的弓要把自己弹射出去。他已经判断出荔蜜的这些话只不过是自怨自艾，这样的情绪她肯定已经压抑了太多年，他的到来为她提供了一个发泄的舞台。每个人都需要这么一个舞台，这个舞台将会成为一种记忆的节点，在未来的岁月中聚集各种各样的细节与想象，从而构成一个人记忆的结构，也就构成了一个人的本质。因此眼下这个时刻对于荔蜜来说太重要了，他看着她无比美丽的眼睛，简直要为她悲悯得哭泣了。

"对不起，我绝对没有这样的意思。如果你说的可悲的生活是贫穷的话,那么我的确不算太可悲。但生活不仅仅是富有和贫穷,还有更多更重要的东西,比如说,比如说我的生活中就缺少了你的这双眼睛,这是任何财富和地位都不能弥补的。"他觉得自己的话太文学化了,但是这反而是他最真实的想法,是他今天第一次见到荔蜜的想法。既然这个时刻会成为最后的告别,那么他为什么不把心底的话说出来呢?他早就发现人最在意的并不是日常的吃喝拉撒,人最在意的其实是自己的想象。为了想象的实现,人愿意做出在别人看来完全不值得的,甚至荒诞的巨大付出。他不就是这样的吗?他清楚地意识到这一点,并为此感到了恐慌。

"我知道,我的这双眼睛是很漂亮,但总有老的一天。"荔蜜一直盯着他的眼睛,不再回避,她的软弱也就不再是软弱,而是一种看破红尘的洞彻。

"二十年了,它都没有变。"

"再过二十年,它一定会变。"

"不会的,"他又加入自己的想象,"当然它会衰老,但它最本质的东西不会变,就是你看着这个世界的眼神。"

他以为荔蜜会笑话他的酸腐,但她没有,看来女人面对甜言蜜语总是会失去理智。但谁又能指责他说得不对呢?他是真心实意那样说的,就像他已经看到了那双眼睛的衰老、那些鱼尾纹、那些细微的斑点，但他在意的依然只是那双眼睛的美丽。那种美丽肯定不是一种机械的组合，那其中的的确确是有着说不清的生命奥秘。那种奥秘随着年岁的增长其实更加丰富了，似乎在鼓励他去慢慢接近和探索。

"不说这些了，还有什么意义呢？你回去吧，我去看看车次。"荔蜜转身走进候车厅，里边零零散散坐着不多的人，她跟检票口的工作人员打了声招呼，看来他们是老熟人了。那个蓄着大胡子的工作人员显然注意到了他，朝他投来了含意不明的目光。他尽量表现得平静，让那目光如一粒石子掉进湖水中。荔蜜跟大胡子说了几句话，大胡子点点头，又看了他一眼。荔蜜走过来对他说："十分钟后就有一趟车去省城的，我帮你打好招呼了，你等会儿直接上车，到车上再补票。"

他除了说声谢谢还能说些什么呢？他觉得自己很无力，顺着荔蜜的意志被安排却无法做出丝毫反抗。他应该反抗吗？怎么反抗呢？告诉她他现在还不能走，同事还在等他？告诉她他并不是一开始就存心来找她的，而是出于一种怀旧的思绪？告诉她，他也不知道事情会弄到这一步，该如何收场，这是他毫无计划的结果？他们一前一后走到离检票口不远的一排椅子前，并排坐下。大胡子站在不远处，用眼角的余光扫视着他们。荔蜜坐得端端正正的，目视前方，反而显得格外充满了送别的凝重。他们之间这种古怪的氛围是一定会引起旁人侧目的，他觉得他们更像一对生活多年终于离异的夫妇。

"都会过去的，"荔蜜把双手放在膝盖上，像忽然间感到了抱歉，她扭头微笑着望着他，"你想啊，距离我们上次说话，都过去二十年了。"

"二十年发生了多少事情，数都数不清，但现在好像那些事情都没发生似的。"

"我也有这样的感觉。"

"时间像停在某个地方，并没走，"他也回望她，笑了笑，"下次你来省城，记得找我吧，我请你吃饭。只是吃饭，老同学之间的请客，不用担心。"

"好的。"她点点头。

任何人在这样的环境下都会这样说的，仿佛那是一场牢牢约定的盛宴，而不是想象中的客套说辞。

"奎亮呢？在做什么？"他的嘴巴仿佛忽然失去了控制，居然问出了这么一句犯忌的话。也许是因为他看到荔蜜移开的脸上惶然的表情，知道未来的那场饭局只是语言的泡影了，他的难受劲又浮了上来，让他做出最后的挑衅。他迅疾感到后悔，因为他看到荔蜜听到这句话之后浑身颤抖了一下，就像睡熟的人在大冬天突然被揭开了被子，她的双手更紧地握住了自己的膝盖，仿佛只要保护好那里，那么身体的其他地方就不会着凉，就不会受伤。

"你问他干什么？他死了。"荔蜜说完这句话，站了起来。

"啊？！"他一愣，瞬间明白这是一句极度愤怒的气话，赶紧站起身来拉住了她的袖子。她抬起胳膊想要挣扎，但他顺势握住了她的手。他紧紧握着她的手，她反而冷静下来了。这时火车进站了，候车厅看上去不多的人聚集在检票口的时候竟然还显得有些拥挤，他顺势拉着她的手排在了队伍里边。大胡子显然注意到了这一幕，但是人群像洪水那样冲断了他目光的栅栏，他不得不频频低头验票。荔蜜想挣扎着甩开他的手，他伏在她耳边说："就再送送我吧，不知道什么时候再见了。"荔蜜便由着他往前拖曳，路过大胡子的时候，他用提包挡在外侧隔断大胡子探询的眼神，荔蜜朝大胡子喊了一句："我送送他。"大胡子点点头。他们顺着人流很快就走到了车厢门口，荔蜜说："好了，夏阳，放开我，你回去吧。""你先送我上来，我有东西送给你。"荔蜜迟疑地望着他。"很快的！马上！"他几乎吼叫了起来。

她被他的气势给震慑了，愣怔了一下，在这一瞬间，他用力一拉就把她也拉上了车。他们一起站在车厢的连接处，荔蜜焦急地说："什么东西？你怎么刚才不给，眼看车就要开了啊！""等等！"他把包丢在地上，然后张开双臂像头大熊一般将荔蜜紧紧抱住了。"放开我！你这个浑蛋！"荔蜜这是真的着急了，他早就预料到了，这是搁谁身上都得发疯的事情，他把头埋在荔蜜的肩膀后边，任她如何打骂就是不松手。他听到荔蜜哭了起来，哭得很大声，他有些慌乱，很怕有人上来干涉，告他拐卖人口，但就在这时，他和荔蜜一起感受到了一阵巨大的晃动，然后脚下的地面移动了，并开始了有节奏的震动。他抬起头来，看见车站正在窗外缓慢退去，站台上的灯光像有人按着开关似的，一下一下把光打进来。荔蜜也发现了这个新情况，哭泣声已经不知不觉停止了，她泪眼蒙眬地也扭头望向窗外，眼睛里充满了茫然无助。他感觉到荔蜜的身体松软了下来，几乎完全沉入自己的怀抱里了，他们看上去的确是抱头紧紧拥抱在一起的情侣。很快，他看到了小孙旅馆的那扇窗口，他曾长时间站在那里看火车，而此刻他却站在火车上望着那扇窗户。他知道在夜晚在那里可以清清楚楚地看到车厢内的一切，因此，最残酷的事情发生了，他看到那扇窗户的后边站着一个人影，那个人影一定是小孙无疑。小孙手里端起了一根沉甸甸的条形物体，似乎是一把枪。荔蜜显然也看见了，她的手紧紧抓住他的背，嘴巴张得大大的，嗓子眼里却发不出一丝声音。这时，火车拉响了刺耳的笛声，开始加速了，那扇窗户从视野的一侧很快滑到了另一侧，随后他们看见了绚烂的火花，紧接着听见了受潮的鞭炮般沉闷低沉的爆炸声。那爆炸声被火车甩在了身后，回声变得越来越低沉，像向下渗入泥土深处。他的脑海里居然想的是一个物理学名词——多普勒效应。

"多普勒效应。"他脱口而出。

"你说什么？"荔蜜惊魂未定地望着他。

"刚才……真是特别典型的多普勒效应。"他嗫嚅着说，并不觉得自己说这话有些前言不搭后语的荒唐。

这时火车已经离开了小城，本就不多的灯火遽然远去，窗外沉入了荒凉的黑暗。车内的灯光也无法穿透那无边的黑暗，只能反射回来，这样便形成了镜面效果。他看到黑色的镜中他和荔蜜搂抱在一起，荔蜜有些迷惑地看着他，这样反而让她显得更加楚楚动人。接下来该怎么办他一点想法也没有，他的思维甚至都不敢触碰他闯下的这场大祸。但他此刻认真望着镜中的影子，忽然觉得心满意足，仿佛这就是他预谋已久的计划,终于成功了。他在那黑色的镜中看到了自己的另一重人生,尽管只是这么惊鸿一瞥,他也觉得得到了巨大的满足。那正是他作为人的那种想象的满足、想象的胜利。他扭过头来,发现荔蜜还是一脸迷惑地望着自己,他不再犹豫,俯身吻到了那半开的嘴唇上。令他没有想到的是,那嘴唇并没有拒绝他,反而热烈地迎接着他的到来。

现在,火车钻进了山洞,像钻进了时间的某个隐秘的拐角,他们得赶快利用这世上难得的差错做出正确的行动。

后记：一朵白色的小花，与你对视

这三个中篇小说尽管叙事侧重点不同，但在某种气息上颇有相通之处，故而它们聚合到了一起，成为彼此暗中呼应的一个整体。如果要我用一句话概括这本书，我只能说，《魂器》是一本与人的生死爱欲、精神存在以及永恒灵魂密切相关的小说集。

当然，这几个关键词是文学意义上的，不是什么巫术。

既然这本小说集的气质比较凝重，我这篇《后记》便轻松一些。我来说说这几篇小说背后的花絮。小说写作跟拍电影似的，也是有花絮的，只是这些花絮沉淀在作者心底，别人无法看到。

如果说每篇小说都有自己的命运，那么《魂器》的命不错。它在《文学港》杂志上首发，然后获得了当年的"储吉旺文学奖"，因为是首届，而且还有当时不多见的十万元大奖，着实引起了不少关注。那会儿我刚到而立之年，能获得这样一个奖，备受鼓励。直白点，对囊中羞涩的我来说，这个奖金不是补贴家用，而就是家用本身。后来，拿到奖金后，发现被扣了两万元的税，对这"凭空消失"的两万元，我感到惋惜不已，八万元的乐趣也因此而削弱。假设这个奖一开始就说是八万元，拿到手还真的是八万元，那开心程度一定会超过十万大奖税后八万吧。人性就是这么奇怪。时过境迁，我当然早已不再"惋惜"，但我依然记得自己这种反映了人性弱点的奇特心态，在此披露，也是一种自省。

《归息》追问了当下中国的种种困境，纸媒的衰败、知识分子的出路、两代知识分子之间对话等比较大的话题。这篇小说的写作地点是在天津滨海新区，中国作协跟当地合作举办了一期国际写作营，我受邀参加。世界各国的作家由于语言障碍，大部分时间都龟缩在各自的房间里，写自己的故事。我还记得自己长时间坐在窗边，望着不远处正在修建的地标式高塔，而路上难见一个人影。小说中的人物陪着我，让我忘却了孤独，又体会到了更深的孤独。另外，不知道还有多少人记得多年以前的那场大爆炸事件，我在一个午后，跟一位好友专门去探访原址：四周都用板材围起来了，我透过缝隙，看到里边杂草丛生，而在近处，一朵白色的小花探出脑袋来，与我对视。一刹那，我就泪流满面。多年以后的今天，滨海新区的变化一定很大了，我以后还想去看看。

《多普勒效应》这个标题其实是令人费解的，尤其是对已经忘记了中学物理知识的人来说。但我对这个标题念兹在兹，无法释怀。我小的时候，住在穷乡僻壤，经常性地沿着铁轨玩耍给我留下了非常难忘的回忆。火车的到来与离开，是对小城的一种扰动，也扰动我那颗幼小的心。当我已经身处别人口中的远方，却无端端期待着更遥远的地方。火车呼啸而来，呼啸而去，只剩下我站在原地。我从物理课上，知道了这种呼啸声的变化被称为"多普勒效应"。时过境迁，我生活在远方的远方，甚至不明白自己所处地方的远近，反而体会到了人生意义上的"多普勒效应"：命运瞬间迎面而来，压得你喘不过气；在你即将绝望之际，命运又在瞬间离你远去，只留下一个悠悠的尾声。

小说集的总题目定为《魂器》，则是因为文学已经成为容纳神秘的最后容器。"魂"已经在这个世界上难以藏身了，但它在文学中依然存在并永远存在。哪怕今后人工智能写出比我更好的小说，但我的粗笨的文学作品，犹如原始时代的陶罐一般，依然可以安放那些迷路的游魂。

是为后记。